FOR BEGINNERS フォー・ビギナーズ 93

司馬遼太郎と「坂の上の雲」

文●中島誠
イラスト●清重伸之

イラスト版オリジナル

現代書館

もくじ

はじめに……4

序　章　『坂の上の雲』の謎《なぞ》……8

第１章　司馬遼太郎のくせおよび
郷土―国家―世界の往復運動……20

第２章　「日清戦争」と「大諜報」……44

第３章　『坂の上の雲』に見る
正岡子規の役割……78

第４章　日露戦争とは何か
――明治っ子、秋山兄弟の坂道……102

第５章　日本人にとって、もう一つの坂は、
あるのか……144

あとがき……174

はじめに

2001年の初春のある日、都内の私鉄沿線の町で、司馬遼太郎と藤沢周平を読み比べる話を、私は頼まれた。この御両人についていろいろ書いてきた私も、読み比べとなると、どうもうまくいかない。率直に言って、藤沢に甘く、司馬に厳しくなってしまう。それは、この御両人の特徴を反映する結果で致し方ない。そして、亡くなってからもうだいぶ経つのに、この２人に池波正太郎を加えた３人の作家は、新しい世紀を迎えても圧倒的な層の厚みと幅の広さで読まれている。

なんとか切り抜けて、私は私鉄の駅まで歩いた。すると１人の中年の男性が追いかけるようについてきた。さっきお話を聴いた者ですがと彼は言い、さて、司馬さんは今も広く読まれ、新しい司馬論も次々に出ていますが、いったいあのひとはそんなに偉大なんでしょうかネと彼は、いきなり切り出した。それは私への質問というより反論、いや反撥ともきこえた。線路わきの立ち話もなんですからと私は彼を喫茶店にでもさそおうと思ったが、彼は、司馬さんの歴史認識は、あまりあてにはならないんじゃないですかネと言って立ち去ってしまった。私は何も言えずに彼と別れた。名前をきくいとまもなかった。

2001年の初夏、現代書館の菊地さんに「どうです、ひとつ『坂の上の雲』だけに的をしぼって書いてみませんか、一冊まるごとこれだけを論じたら」と言われた。

私は、そうか、とうなずいた。私鉄の駅近くまでついてきたひとも、司馬のほかの歴史物はともかく『坂の上の雲』には、もんだいがあるんじゃないか、と言いたかったのではないかと、おくればせに私は気がついた。やりましょうと、私は即座に言った。それから半年以上かかって、やっと仕上がったのが本書である。

書き出してから、私は、ずいぶん迷った。司馬は明治に甘く、大正・昭和に辛い、要するに日本の近代に感情移入しているが、近代の後半から現代に対しては点が辛いか、あるいは敬遠していた。少なくとも小説にはしなかった。いや、できなかった。こんな批評が、ここ2、3年現れた。そんななかで半藤一利さんの、司馬さんは『坂の上の雲』をさかいにして歴史小説家から文明史家になったのではないか、ということばが、私にとってひとつの啓示になった。

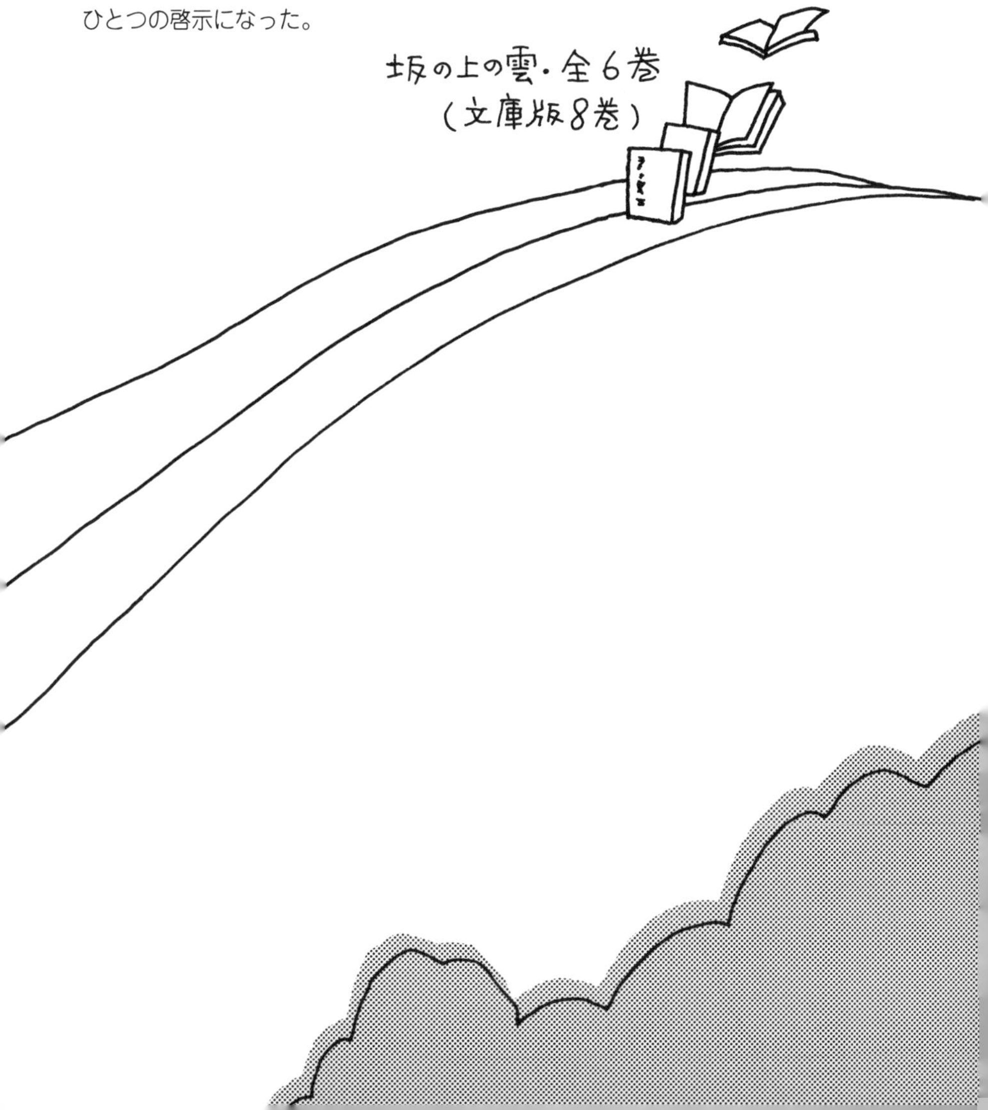

書き進むにつれて、作品の世界に私は埋没していった。とにかく面白い。いままでちゃんと読んでいなかったことに気がついた。

それと同時に、司馬さんの一種のくせについて私は考えた。これがくせものだと思った。

本書は、司馬遼太郎のくせはくせもの、と題してもいいくらいだ。『坂の上の雲』において、この特徴は、もっともよく出ていて、これにいちいちひっかかっていたら司馬さんが張ったクモの糸から逃げられなくなる。だから広く読まれるのかもしれない、また、いろいろ批判されるのかもしれない。『坂の上の雲』は一筋縄ではいかない小説である。

どこまでうまくいったか。私は、作者が「余談だが……」と言って立ち止まるところばかりにわざとひっかかって紹介し、自分もいっしょに立ち止まってみた。そうしたら日本の近代というもの、明治という時代がおぼろげながらわかってきた。同時に司馬さんの正体も知れてきた。本書は、そういうものである。あとは、読んで下さってのお楽しみということである。

2002年 4 月

中島　誠

司馬遼太郎グモ
あえてひっかかってみましょう
中島誠

序　章　『坂の上の雲』の謎《なぞ》

　司馬遼太郎が10年の歳月をかけてつくった『坂の上の雲』の初めの章は「春や昔」と名づけられた。いかにものどかで、来《こ》し方《かた》をなつかしむような題である。俳句のなかのことばにもふさわしい。

　「春や昔」の第１行は「まことに小さな国が、開化期を迎えようとしている」である。まことに心憎いばかりの１行といえる。この１行のなか(23文字)に、主人公たちの出生のいきさつと、明治という時代のはじまりの雰囲気とが偶然にもぴたりと合致している。不思議な仕掛けを考えた司馬の工夫が、この一点に凝縮された。

　ひとの生まれ育ちが、歴史の滅多に訪れない大転換期にちょうど出会うということは、そう何度もあるものではない。作者は、全部で10年を費やしたというこの大作の準備のうちに、こんな出会いをおもいついたのだろう。これは、ただのおもいつきではなく、この一点に『坂の上の雲』の出発が読む者の胸をうつ謎となってかくされている。歴史と個人の出会いに、作者は、いわば全身全霊を賭け

たのである。

しかも、３人（秋山好古《よしふる》・真之《さねゆき》の兄弟と俳人子規《しき》）が、幕末のどんづまりから明治維新の出立《しゅったつ》にかけて生まれた場所は、「まことに小さな国」であった。すぐ数行あとのところで作者は、「この物語の主人公」が「この時代の小さな日本」といっしょに歴史を歩いてゆく、そのまたあとから自分はゆっくり追ってゆかねばならないと書いている。

司馬は、維新で生まれた日本国を中小企業とか町工場にたとえている。「小さな国」日本は、何もかもをこれからつくり出さねばならない。政府も陸海軍も学校も警察も産業も経済も外交も……。この気の遠くなるような計画が、多少のギクシャクを伴いながら明治の20〜30年代までかかってようやくあるていどのかたちを達成した。それが、日清戦争と10年後の日露戦争である。

国家の製造という途方もない事業をやりとげねばならなかった当時の3000万人くらいの日本人は、司馬が、くり返し言うように楽天主義者（オポチュニスト）であったらしい。その点では、21世紀初頭のわれわれ日本人は、むしろうらやまねばならないのかもしれない。

『坂の上の雲』の世界は、今日のわれわれが想像する国家という社会からは、だいぶかけはなれていた。そのことを作者は、くり返し強調している。どこがどんなふうに違っていたかは、読んでゆくうちにだんだんわかってきて、おぼろげながら納得せざるをえないような筋書になっている。そこがこの大作のマジックともいえる。つまり「春や昔」なのだ。私は、ふと逆ユートピアということばを想い出す。

希望のユートピアは未来にある。実現のおぼつかない理想郷は、いつまでたっても遠くにある。しかし、「春や昔」の三十数年間にわれわれは、時代のなかに縫い込まれた、逆の方向のユートピアをみるのである。

中村草田男は「初雪や明治は遠くなりにけり」という名句を残した。司馬は、この句が大好きなようである。たしかに明治は遠くなった。明治という45年間を、司馬は気体でも液体でもなく固体のような時代だと言った。45年は、その内部では激しく流れて変化し進歩した。しかし、全体としてみると、その後の大正や昭和のような流動性が感じられず、ひとかたまりのようにみえる。そして固体のまま、遠くなりにけりとなつかしまれるのである。

「このながい物語（『坂の上の雲』）は、その日本史上類のない幸福な楽天家たちの物語である」と、あとがきに司馬が書いたのは、昭和44（1969）年３月のことであった。

「その日本史上」とは、町工場のような小さな世帯から出発した、明治維新の新国家の政府と陸海軍とが、希望に満ちて歩んだ歴史の途《みち》というほどの意味である。

「世帯が小さいがために思うぞんぶんにはたらき、そのチームをつよくするただひとつの目的にむかってすすみ、その目的をうたがうことすら知らなかった」と司馬は言う。

「のぼってゆく坂の上の青い天にもし一朶《いちだ》の白い雲がかがやいているとすれば、それのみをみつめて坂をのぼってゆくであろう」という作者が全身全霊をかけたモチーフは、あまりにも有名になった。

単行本で６冊、文春文庫版で８冊になったこの大作は、のちに陸軍騎兵隊の旅団長となって満州の凍土の上でロシアのコサック騎兵をも悩ます猛将秋山好古《よしふる》と、その弟で日本海海戦の参謀として東郷平八郎の下で実質的な作戦指揮をとる真之《さねゆき》、そして36歳の若さで病死した俳人子規（正岡升《のぼる》）の３人を主人公に選んで、日清・日露の両戦争に辿り着くまでの明治の“古き良き時代”に生きた日本人の実像を詳細に活写している。

ときあたかも、戦後日本の高度経済成長が最盛期を迎え、のぼりつめた経済大国・技術立国の日本が、ようやく曲がり角に逢着しつつある時期に『坂の上の雲』は、ぴたりとマッチして、全国の老若男女が読者となった。

司馬遼太郎の作品群は、その題材の採り方が十数世紀の歴史(中国、モンゴルまでを含む)におよび、数多の武将・大名・豪商・志士・浪士までを主人公に選んで、生涯に7万枚を書き通したという。

だが、この『坂の上の雲』だけは、司馬の歴史物・時代物のなかでいささかおもむきを異にしていた。

ひとは、豪商高田屋嘉兵衛の国際人的根性を描いた『菜の花の沖』や、長岡藩家老として、奥羽越列藩同盟にも官軍にも属そうとせず、ひとり小藩の独自性を守って死んでいった河井継之助の一生を描く『峠』を、好んで読む。

とりわけ『竜馬がゆく』は、誰にも好かれるロマンである。大政奉還の報をききながら斬殺される竜馬への惜別の情は、作者の筆致によって見事にかきたてられた。

しかしながら、この『坂の上の雲』だけは、ひとり作者の数多の作品群からとびはなれているようだ。その由来を解くことこそ、本書の目的である。作家諸井薫《かおる》は言う。

〈日本の準知識人であるビジネスマン達が、それこそ『この国のかたち』ではないが、敗戦後に墨で塗り潰した自分の国の歴史に改めて深い関心を示すようになったのは、敗戦国民の劣等感が薄らぎ出したこともあるが、ただただ下から仰ぎ見るばかりだった超大国アメリカが、債務国への転落の坂を転がりはじめ、“アメリカの時代”に落日の兆しが見え出したということもある。〉

つまり諸井氏の言い分は、こうだ。すなわち、もうそろそろ敗戦国民のわれわれも「タブーであった自国の歴史を正面から見据える気概を取り戻し」てもよいときではないかと言いたいのである。そしてこれこそ司馬の作品群への「ビジネスマンの異様なまでの傾倒現象ではあるまいか」ということなのだ。

諸井氏は、続けてビジネスマンの司馬作品への人気度調査の結果を紹介する。

一般社員では――1位『竜馬がゆく』、2位『翔ぶが如く』、3位『国盗り物語』、4位『坂の上の雲』、5位『項羽と劉邦』、6位『花神』、7位『関ヶ原』。

経営者では――1位『坂の上の雲』、2位『竜馬がゆく』、3位『翔ぶが如く』、4位『この国のかたち』、5位『街道をゆく』、6位『項羽と劉邦』、7位『峠』。

この人気度調査結果は、大変興味深い。まず、『竜馬がゆく』と『坂の上の雲』とは、一般社員と経営者とでは1位と4位が入れかわっている。また、一般社員は、どちらかというと、ロマンの香りの高い歴史物、それも特定の人物、とりわけ悲劇の主人公的な作品を好んでいる。それに対して経営者たちは、一般社員と同じような好みのものもあげているが、同時に司馬が後半生に書いたエッセイ物、紀行物も好きな読み物にあげている。

一般社員とは、今日の日本が企業社会であるから、労働人口(6500万人くらい)の大部分を占めるサラリーマンの別名といえる。つまり、いまの日本人を代表する階層である。この人たちが、たとえ第4位にせよ愛読書に『坂の上の雲』をあげたのは少し意外なくらいだ。しかしよく考えてみると、この大作は希望と野望と好奇心に満ちたオポチュニストたちの物語なのだ。諸井氏や司馬夫人の福田みどりさんを含めて58人ものコメントを集めた『司馬遼太郎の世界』(文藝春秋編)が世に出たのは1999年9月である。したがって、きわめてホットな世相をこのランキングは表わしているといってよい。

この文庫本が出てからわずか２年半後の今日(2002年春)、われわれは不況とリストラと大失業とデフレの恐怖とテロルと報復戦争と中国の貿易攻勢による日本の産業と技術革新の暗い見とおしの只中に生活している。

日清・日露の両役に勝った時代を、逆ユートピアとしてなつかしみ、見直し、百年をへだてた今昔の違いをかみしめさせてくれる小説を読んで悪かろうはずがない。

もちろん『坂の上の雲』を一篇の大戦記物として、戦争が行なわれる戦場(陸上と海上)のやりとり、かけ引きを観る面白さで読むひとがあるだろう。そのほうの比率が高いかもしれない。実際、この大作の３分の２くらいは、戦場の記録の面白さに満ちている。しかしながら、そういう戦争と戦場の記録そのものを国民の総意総力をこめてつくり出した原動力のようなものが、百年前にはあったということに対する一種の郷愁を否定することも出来ない。そのような国民体験は、いまの世の中で、不可能な、いや、してはならないものになっている。逆ユートピアへの郷愁は、日本近代史ではタブーなのだ。

第２次大戦をはさんで、われわれ日本人は、不戦・非戦の誓いをたてた。そのかわりに、経済・産業・技術・教育・文化等々の発展に力を集中して56年が終ってしまった。その結果が、不況とリストラ、そして産業の衰弱だとすれば、今後、なにをたのしみに生きていけばよいかと思うのも自然の成りゆきである。われわれは、この56年間、いったい何のために何をしてきたのだろうと思い沈んでしまうのも無理からぬことだ。

三菱総合研究所の稲垣清首席研究員は、「米国一極支配の終わりと米中二極時代の始まり」と題した長いコメントを『毎日新聞』に寄せた(2001年11月１日、特集ワイド欄)。稲垣氏は、「歴史を俯瞰《ふかん》すれば、今回のテロとＡＰＥＣ首脳会議の中国開催、そしてＷＴＯ加盟は、世界経済における『米中二極時代』の始まりとなるかもしれません。少なくとも、日本経済がこれ以上衰弱すれば、その可能性は大きいでしょう」ということばでこのコメントを結んだ。

平和憲法がわるい！

『坂の上の雲』は、昭和43(1968)年4月22日から47(1972)年8月4日まで、足かけ5年にわたって『サンケイ新聞』の夕刊に連載された。大阪サンケイ新聞の記者であった司馬は、いわば古巣に場をかりて思う存分書き続けたのである。

連載の始まりは高度経済成長の坂を登りつめてゆく絶頂の頃、そして奇しくも明治維新(1868年)後100年に当たる。連載の終了は第1次石油ショックの前年の夏、経済成長に、ようやく陰《かげ》りが生じる前兆を人々は感じていた。当時、この小説を毎日読んでいた日本人、とりわけ企業関係者たちは、それまで営々と築きあげてきた大量生産と市場拡大と技術革新の長い坂道をそろそろ登りつめたという実感のなかに、ひそかな不安材料を読みとっていたはずである。このすぐ後に訪れるバブル経済の進行は、やがてくる不況の嵐を前にした一種の痙攣《けいれん》現象であったといえよう。

明治の日露戦争までの38年間は、戦後を生きてきた司馬がこの大作の構想、資料集めと取材等の入念な準備、そして5年間の執筆と完成および各巻のあとがきと付記の作成に費やした年月に、重ねあわせてみることができる。つまり『坂の上の雲』には、ぼう大な量の歴史小説づく

りをやりながらの、作者自身の全戦後体験が投入されていたといえる。

日露戦争という一種の大バクチの芝居は、旅順・203高地の攻防、黒溝台・奉天など南満州の北部一帯の戦闘、そして日本海海上という3段階に大別できる。このいずれの戦場でも、日本はロシアにもし負けていたら、大国帝政ロシアは、満州の大地だけでなく朝鮮半島へ進攻し、日本列島の北半分ないしは佐世保などの軍港へのしかかってきたであろう。

しかし考えてみると、日露戦争の舞台は、ことごとく清朝の領土内である。日本とロシアは、いわば他人の家の庭先で戦争を2年間も続け、双方に十何万人もの犠牲者を生んだことになる。203高地におけるロシア軍と乃木軍の攻防だけでも6万人が死に、しかもその大部分が日本兵（全国各地から動員された農民）であった。

日露戦争終了の年は、第1次ロシア革命の年でもある。帝政ロシアの敗亡と革命ロシアの出現については『坂の上の雲』の随所に描かれている。また、イギリスが何故、日露戦争の直前になって日英同盟を結び、日本海軍は、その主力艦をイギリスから買いとったのか、さらにアメリカ大統領は、何故、講和条約の手を日本のたっての願いを受けてさしのべたのか。

日露戦争で、ほんとうに日本は勝ったのか。独力で果たして勝てたといえるのか。このあたりの謎解きも、『坂の上の雲』は充分に行なっている。さらに日露戦争の戦後の日本は、どうなったのか。このことこそ司馬がもっとも言いたかったことだろう。戦勝を待てずに死んだ子規を含め、もっとも功績のあった秋山兄弟も決して手ばなしで喜んでいない。それは何故であったのか。単に日本兵の戦死者の多大であったこと、戦費を使い尽くした日本の戦後の苦労というだけでは説明のつかない、明治末期の重苦しい空気とは何であったか。これらのことについて、ひとつひとつ『坂の上の雲』から読み取れる歴史の教訓は、今日のわれわれにとっても貴重なものである。この大長篇は、決して古戦場や荒城の月をうたったものではない。平成のいま、21世紀初頭の今日に作者が贈った必死のおくりものである。

さらに重要な事実は、作者はこの大作の続きを書かなかったこと、いや書けなかったことのなかにあろう。司馬は『坂の上の雲』以後、戦前戦中戦後に直接材料を採った歴史小説をついにつくらなかった。数多くのエッセイは残したが小説にはならずに終わった。そして、『街道をゆく』の大シリーズへ旅立ち、1996（平成8）年2月12日に自らの旅を終え冥府への街道を選んだ。1923（大正12）年8月7日、大阪に生まれた司馬は、真夏に誕生して真冬に歿した。妻の福田みどりさんによれば、それは吐血による突然死であったという。73歳であった。のちに司馬遼太郎文学賞を受賞した宮城谷昌光は、受賞のことばのなかで、冥府の司馬さんにいかがですかとたずねたら、退屈してるよと答えたという話を語っていた。

作家の半藤一利は、前掲の『司馬遼太郎の世界』で、「司馬さんの『坂の上の雲』を改めて楽しんで読みながら、近代史をかくことのむつかしさをいままた若干確認している」と述べている。2001年秋のＮＨＫテレビでは、半藤氏は、前述のように司馬さんが『坂の上の雲』あたり以後に文明批評家ないし文明史家になる道を選んだのではないかと言った。事実そのとおりであろう。では、何故そうなったのか、このことも本書の大切なテーマのひとつである。というよりも、いちばん解きにくく、それだけに今日のわれわれに直接ひびいてくる問題なのかもしれない。

司馬の小説で、かなり人気の高い小説に『関ヶ原』がある。関ヶ原の合戦は1600年、30万を東西両軍が動員した日本史上に残る大合戦だが、しかしわずか8時間で家康の東軍が石田三成の西軍に完全勝利した。半藤氏によると、司馬遼太郎は三成の西軍に肩入れし、松本清張は、家康の東軍は当然勝つべくして勝ったのだと合理・現実主義を唱えたという。

司馬のロマンティシズムと清張の（クソ）リアリズム、両巨匠の違いだという。そんな司馬が、関ヶ原からおよそ300年経った日露戦争をいかに描き、またそれ以後の日本近代史をなぜ小説にしなかったのかが、本書のテーマであることを申し上げて序章の終わりとしたい。

本書では
いくつものナゾときを….

第1章　司馬遼太郎のくせおよび郷土—国家—世界の往復運動

単行本全6冊（第1冊は1969年4月1日発行）の『坂の上の雲』は文春文庫全8冊になった。あとがきが6回もある。文庫本（八）（1978年4月25日刊）の解説者、島田謹二は言う。「『坂の上の雲』は、その目標とする理想世界と、それにこめた作者のエネルギーと、その抱負の実現された成績と、さらに公刊された後、広く日本人一般の目をひらいて、新しい知見で感動させた点で、この作者の代表作のひとつである」と。

まさにこう書かざるをえないだろう。問題は、作者の目標とする理想世界の内容にある。また、作者のエネルギーの傾倒の方向が問われる。そして、作品が「日本人一般」に与えた新しい知見云々はともかくとして、その感動の質と内容の如何にあるだろう。しかしそこまで突っ込んで問うていくと、解説や紹介や簡単な時代背景の記述や、ちょっとした感想と批評だけではすまなくなる。

島田氏のために弁護したいのは、これだけの大作の解説を文庫本の15ページくらいですませられるわけがなく、作者自身が「あとがき」を六つも書き、それでも足りなくて「付」の文も入れているのであるから、解説だって少なくとも50ページや100ページは、あってしかるべきだと思う。現に私は『坂の上の雲』ひとつに200枚から300枚くらいのコメントを書かなければおさまらない心境にある。

しかしこの作者に関する限り、コメントはむしろ不要なのかもしれない。何故なら、司馬という作者は、小説を書き進める途中で、ふと立ち止まって、自ら綴ってきた筋書についての解説とも注釈ともつかないことを長々と書かずにいられないひとだからである。

ヘタなだじゃればっかり。
気がきじゃないよ……
干し柿
清重
思いついたら書かなきゃ苦しいんですよ。
へたりこんでいます
ヘタ
ハガキ
生け垣
ガキ
酢がき

日本海海戦や奉天陸戦や203高地攻防戦を息もつかせず読んできた読者は、そこでいきなり作者といっしょに立ち止まらざるをえなくなる。たしかに、虚構の世界から歴史研究者のコメントみたいなものに引きもどされるのは目のさめるおもいがして結構である。しかし、小説の筋の進行のなかで、事態そのものに対する客観的コメントを与えられるのは、ある意味では、作者の歴史に対する認識と評価を強制されることになりかねない。小説の中の記述と作者の歴史観と読者の歴史認識とが、そこで三重になってくる。

小説であるからには、時代物であれ歴史物であれ多少の虚構、作者手作りの人物などが入り込んでくるのは当然のこととして読者は認める。だが、中途で作者のコメントが入ると、読者はかえって当惑し興趣を削《そ》がれるのである。小説ではこうなっているけれど事実はどうだったのかと思いながら読む者は、あまりいない。そこへ作者の歴史観が、生《なま》のことばでとびこむ。その歴史観が正しいかどうかを読者は考えてしまう。小説の筋を面白く追うだけなら、そんな迷いはしなくてすむのにと思う。これは、司馬の一種のくせかもしれない。司馬は、物語の途中で、このような立ち止まりをときどき演じ、それで足りなくて「あとがき」を６回も書き、なおそのうえに付記をつけ足す。それほど、作者は、維新から日露戦争に勝つまでの日本に、こだわり続けていた。この時代を作者は、突き放して物語に仕立ててしまうことに物足りなさと躊躇の感を抱いていたといえよう。何故か、それに答えるのが、本書のモチーフである。

①5600枚もの
フィクションを書き、
②歴史観による
コメントをつけ、
③その上
あとがきを
6回も書いた。

さて、文庫本８冊は、(一)342ページ、(二)388ページ、(三)356ページ、(四)391ページ、(五)390ページ、(六)346ページ、(七)346ページ、(八)354ページ。１ページは18字の43行で、これに総ページを掛けると225万3888字となり、これを400字で割ると5635枚弱、およそ5600枚に達する。司馬は生涯に約７万枚書いたというから、全仕事の12分の１弱は『坂の上の雲』に費やしたことになる。そして、新聞連載は足かけ５年、その前の準備と調査と読書と思索に５年をかけ、通算10年をこの一作のために賭けた。

原稿の枚数を計算するという阿呆なことをしたついでに、全篇の目次を並べてみよう。

春や昔　真之　騎兵　七変人　海軍兵学校　馬　ほととぎす　軍艦　日清戦争

根岸　威海衛　須磨の灯　渡米　米西戦争　子規庵　列強　十七夜　権兵衛のこと　外交　風雲　開戦へ　砲火　旅順口　陸軍　マカロフ　黄塵　遼陽　旅順

沙河　旅順総攻撃　二〇三高地　海濤

水師営　黒溝台　黒溝台(承前)　黄色い煙突　大諜報　乃木軍の北進　鎮海湾

印度洋　奉天へ　会戦　退却　東へ　艦影　宮古島　敵艦見ゆ　抜錨　沖ノ島

運命の海　砲火指揮　死闘　鬱陵島　ネボガトフ　雨の坂　あとがき集(1〜6)

70000
原稿用紙7万枚と言ったら 天文学的な数字です

司馬
慈しみながら
育てたのです
真之

以上の後に解説があって、各冊には関連地図が付してある。目次の題数は55もあるが、そのうちもっとも多いのは、日露戦争に関するもの。大きく分けて陸戦と海戦があり、その中心舞台は旅順、奉天、日本海。主人公は秋山好古《よしふる》、真之《さねゆき》の兄弟。兄は陸戦で主に騎兵隊を指揮し、弟は海戦で陰の主役を演じる。兄は安政6年に、弟は明治元年に生まれた。

2人とも徳川幕藩体制の恩恵も束縛もほとんど受けずに生きることになる。それどころか、勤皇の旗を掲げ損ねた四国の小藩の息子として、食うために何でもしなければならぬというスタートを、維新のおかげで切らねばならなかった。2人とも、食うために、しかし男一匹なんとか生きる面目を保つために、心ならずも軍人になった。別に約束したわけでもなく兄は陸軍へ、弟は海軍に入った。

2人は文字通り「明治」の子であったが、明治の世を生きてよかったと思ったかどうか、どうもあいまいである。2人にとって「明治」とは、西南戦争でも民権運動でも帝国憲法発布や国会の開設でもなく、また日清戦争でもなくて、日露戦争ただひとつであった。『坂の上の雲』の主人公の兄弟は、日露戦争への準備と死闘と勝利と後始末の一大絵巻の中で生かされただけである。作者は、東郷元帥でも乃木大将でもない秋山兄弟という時代の波に何となく乗って生きてしまった人間を選んで主人公に仕立てた。というよりは大切に慈《いつく》しみながら育てたといったほうがぴったりする。その点では、坂本竜馬と作者との関係と同じである。小説というものの主人公と作者との関係は、みんな同じだといえるが、『坂の上の雲』では、特にそれが濃く感じられる。

作者は、秋山兄弟の他に同郷の同時代人である正岡子規を主人公役に加えた。これで、やや殺風景な作品に味と幅が加わった。しかし子規は秋山兄弟に先立って病死した。実は秋山兄弟のほうも、すでにそのときには主な役割を終えていた。明治末年の言いようのないわびしさを、この3人の晩年は共有している。苦しい闘病の毎日のなかで、子規は短歌革新のために尽くし、大勢の弟子や知人友人、家族たちに囲まれて死んでゆく。子規くらい苦しい闘病の床で、にぎやかに生きた人間も珍しい。その点、明治の文人は、今日の作家たちとだいぶ違っている。文人仲間がぴったり寄りそい集まり、それぞれの親族が一人一人を支え、その親族同士が手をとりあっている。漱石や露伴と同様に子規の“病牀六尺”の空間は、語りあい励ましあい批判しあい、ときには敵対する“仲間”を、びっくりするほど大勢抱え込んでいた。こんな光景は今日、滅多に見られない。これも明治の文壇、歌壇、結社のありさまである。

一方に子規を中心とする熱気のこもった輪があって燃えさかっていた。他方に、日露戦争で負けないためにありったけの智慧を絞り体力の限界を使い切ろうとする“仲間”が渦を巻いていた。そして両方ともが明治の姿であった。昭和になってからは戦争に勝つための熱気は大いに燃えたが、文壇仲間は、それぞれに自分の身の振り方を、転向とか就職とか流行を追うとかいう苦労の中で考えねばならなかった。昭和も戦後になると、文人たちは自らの戦争体験を書くにしろ、そんな悪夢から逃れるにしろ、とにかく書き続けねばならなくなった。そして、“国”のことなど考えずに小説を書くことに熱中するのが、文学だという風潮になってきた。

司馬は、秋山兄弟と子規を主人公に選ぶことによって、“国”と“文学”を両立させようと図った。「明治」とは、まさにそのような作者の意図に適った時代であった。

子規は秋山兄弟に先立って病死した。秋山兄弟は子規に対する同郷意識を最後まで捨てなかった。同郷意識と友人気質(フレンドシップ)が、まだ生きていたのが“明治”である。幕藩体制の尻尾を多分に引きずりながら、同じ藩に生まれ育ったという意識は明治を通して生きていた。同時に維新で家禄を失い、何がしかの金をもらって生きねばならぬ工夫のなかに言い知れぬ屈辱を抱いて、職を選び家業を起こし自分の才能を活かす手立てを考えねばならなかったのも明治という時代である。新政府が考えた制度により旧藩から下賜された、2000円か3000円の金を使い切るまで何もせず餓死した武士のなれの果ても少なからずいた。そのなかで、若い秋山兄弟はただで通える学校を選び、官費で入れる軍の学校に入り、お上《かみ》の金で働ける軍人というものになり、兄弟別々に、おのれの志に適した軍の専門分野に飛び込み、37年目の日露戦争に間に合ったのである。

旧勤皇の藩の下級藩士の多くは中学の教員や警官となって明治のために働いた。旧佐幕の藩士や勤皇に乗りおくれた藩の下級藩士は、食って生きることに熱中しなければならない。秋山兄弟と子規は、そんな連中のなかで、たまたまおのれの才を活かす機会に恵まれたので、初めから政治家になろう、将軍になろうとした者たちとは、その出発から人生の終わりまで、まるで違っていた。司馬は、そういうところに惚れ込んだと思う。それは、明治新政府の元勲たちより、維新の夜明けを前にして憤死していった浪士、志士たちを好んで描いた作品のモチーフにつながるものだといえよう。

『坂の上の雲』は、一種の戦争小説、明治戦記物であるに違いない。だが、その筋書のなかに作者自身の体験は当然ながらないのである。そこが、昭和の戦後文学と違うところだ。しかし、作者の主観というか、現代に通じる意外に生々しい実感が、明治の戦争物語であるこの作品のなかに過剰なほどに生きている。維新前までの歴史小説と、また維新前にその生涯の大事な部分を終えていた人物(例えば西郷隆盛)を描く作品と、『坂の上の雲』は決定的に違う質を持っている。この作品に対する作者の愛着は、遠い昔のことを描く心持ちとは大いに違っている。しかも、この作品のなかで展開されている作者の歴史観は、今日の日本と世界についてのそれと全くといってよいほど相通じ連結している。作者は、維新の前と訣別《けつべつ》するためにこれを書いた。作者の認識は、江戸時代を遠く離れて大正・昭和・平成につながっている。

司馬は、シベリア出兵もノモンハン事件もかなり詳しく調べたが、ついにそれらを小説にしなかった。自身、戦車隊員として従軍したが、それも戦後文学者のようには小説にしないで、エッセイのなかで回顧するだけにとどめている。要するに司馬は、『坂の上の雲』で自らの戦争体験を描き尽くしたのである。

秋山好古
秋山真之

秋山兄弟も子規も江戸時代幕藩体制に汚染されていない。と同時に希望に輝いて維新後の夜明けを迎えたわけでもない。江戸時代と明治時代との間の暗い谷間を彼らは生きねばならなかった。その運命は彼らの心にも体内にも影響して、無駄な虚飾を一切排除する生活、身だしなみなどに一切気を配らない日常を編み出した。この点、乃木などと対照的である。一切を合理主義で通した兄弟は、悲しいまでに質素であった。

一方、正岡子規は、短歌の革新のために闘い、苦しい闘病生活のために短い一生を捧げ、しかし終生、明るくのびやかでユーモアに富み、おのれの苦痛を突き放した歌をつくり続けた。しかし一方では、肉体の苦痛をかくさず、七転八倒しながら叫び声をあげていた。

おのれの苦悩を自然の中へ投影して写実的に、おもいきり突き放し簡略化して句に仕上げた。俳人子規における写生の説は、花鳥風月でもなく、心境私小説でもない独自の文学の道を切り拓いた。子規の文学的格闘は、伝統的な蕉風でも、また近代日本の私小説における個の周辺に埋没するものでもない、その双方を踏み越えようとするものであった。子規のほんとうの理解者は漱石であったといえる。漱石の日英同盟などに対する冷たく醒めた眼、自身、選ばれてイギリス留学をする際の陰うつな心、個人主義というものの真の意味の追究に最後までその手をゆるめなかった巨大な執念などは、子規に通じるものだった。

司馬遼太郎は、秋山兄弟と子規とを同時進行形で描き通した。察するにその作業は非常に困難を伴っていたと思う。

子規の短歌革新運動は、日本の近世までの文学という文化の一角に対する挑戦であった。“墨汁一滴”の中に、子規はおのれのすべてを注ぎ、墨の色は血の色になった。病床でのたうちまわり、苦痛を訴えて叫び声を発する子規の庵《いおり》と、203高地に屍をさらす6万人の乃木軍の将兵とは、全篇のなかで、明治という大交響曲を奏でていた。もし、子規がいなければ、この小説は、前記のようにただの戦記物になったかもしれず、秋山兄弟を一個の戦術参謀として私用する乃木と東郷、あるいは山本権兵衛や児玉源太郎や山県有朋らの歴史人物伝に終わったかもしれない。また、長州と薩摩と土佐にはさまれ、明治を不平不満と意地で生きる四国の伊予という「まことに小さな国」に遅れてきて生まれた2人の青年の出世譚に終わったであろう。

東京帝大で子規と同期。
夏目漱石
1867〜1916.
「吾輩は猫である」1905
「坊っちゃん」1907
「ホトトギス」に発表した。

▼掲載号の表紙

秋山兄弟は郷土意識から容易に離れられず、しかし同時に郷土から離れて雄飛しようとする。その点では一時代前の坂本竜馬に共通する行動の人である。

すなわち、和歌や俳句をつくりながら、なお少しも柔弱でない人と、陸と海の戦で世界一の巨大帝政国家を相手に闘った男２人とが、偶然に同郷に生まれ同時代を生き、しかも両々相まって明治の象徴的人間を代表したという結構は、『坂の上の雲』の最大の特徴といえよう。作中の３人の青年は、ただの上昇志向とか立身出世主義とかで捉えるわけにはいかない。作者は、世に出るとか立身して出世するしか生き様のない人間が、明治という時代では、むしろ平均的人間であったことを強調している。しかし多くの人間は、身を立て世に出るまでの悪戦苦闘の過程で、個人の資質の大半を使い尽くす。秋山兄弟と子規は、そうならずに生きた例だといえよう。

以上が、『坂の上の雲』を司馬遼太郎が書かねばならなかった理由《わけ》を、私なりに推察したものである。これから本論に入らねばならないが、巻々を順序立てて追いながら考えるのは、この小説では、あまり意味がないと思う。

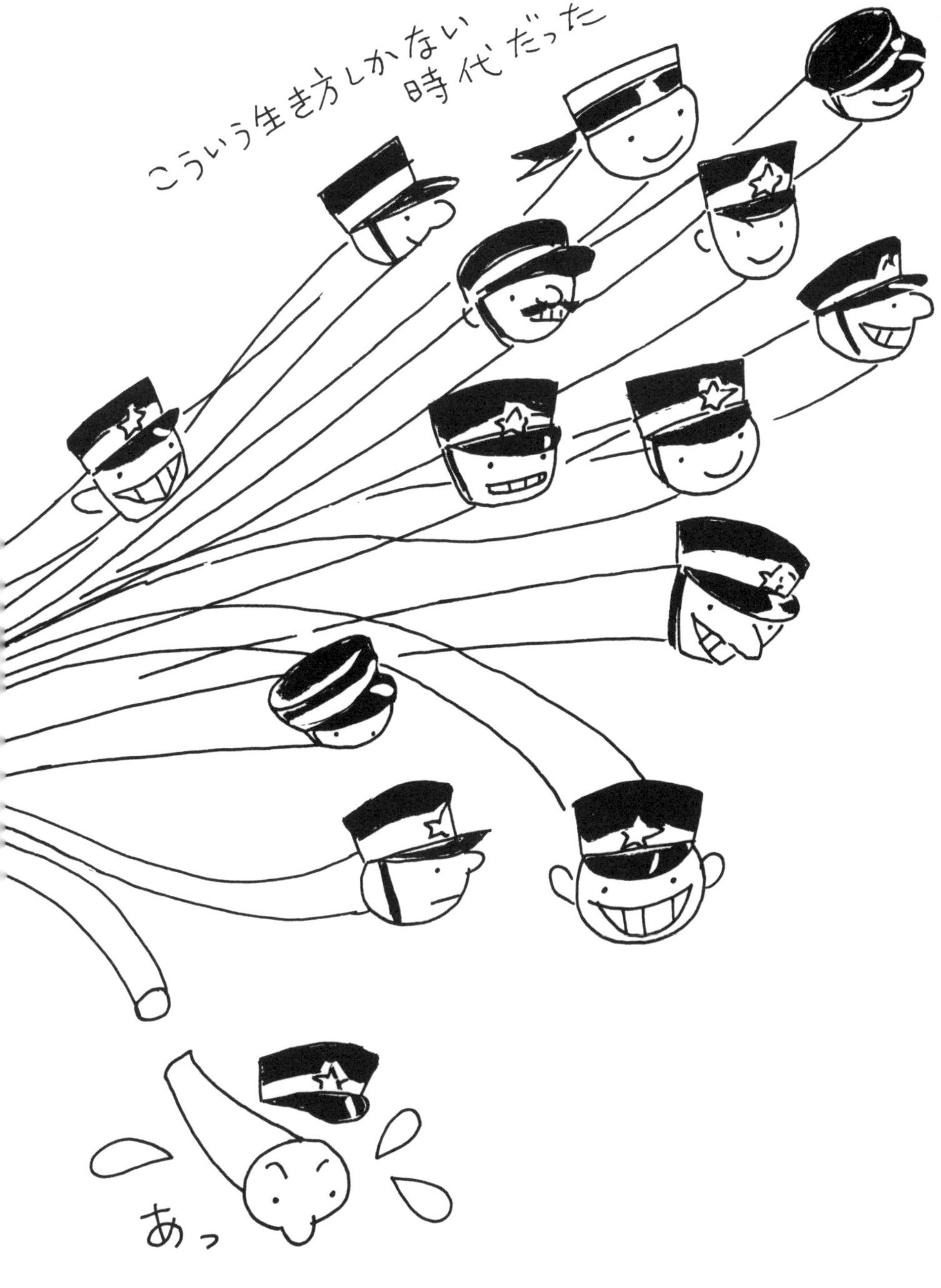
こういう生き方しかない
時代だった
あっ

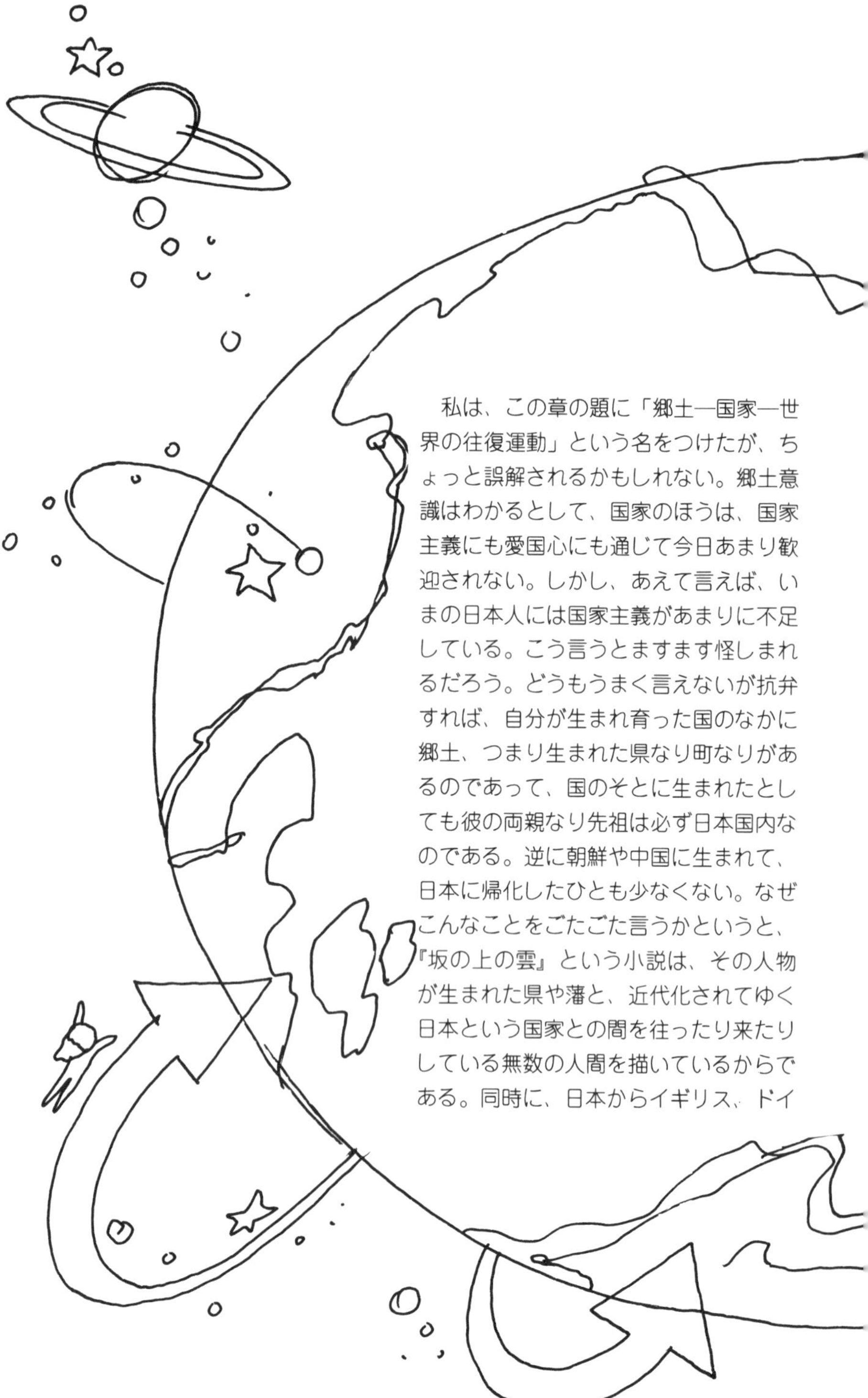

私は、この章の題に「郷土―国家―世界の往復運動」という名をつけたが、ちょっと誤解されるかもしれない。郷土意識はわかるとして、国家のほうは、国家主義にも愛国心にも通じて今日あまり歓迎されない。しかし、あえて言えば、いまの日本人には国家主義があまりに不足している。こう言うとますます怪しまれるだろう。どうもうまく言えないが抗弁すれば、自分が生まれ育った国のなかに郷土、つまり生まれた県なり町なりがあるのであって、国のそとに生まれたとしても彼の両親なり先祖は必ず日本国内なのである。逆に朝鮮や中国に生まれて、日本に帰化したひとも少なくない。なぜこんなことをごたごた言うかというと、『坂の上の雲』という小説は、その人物が生まれた県や藩と、近代化されてゆく日本という国家との間を往ったり来たりしている無数の人間を描いているからである。同時に、日本からイギリス、ドイ

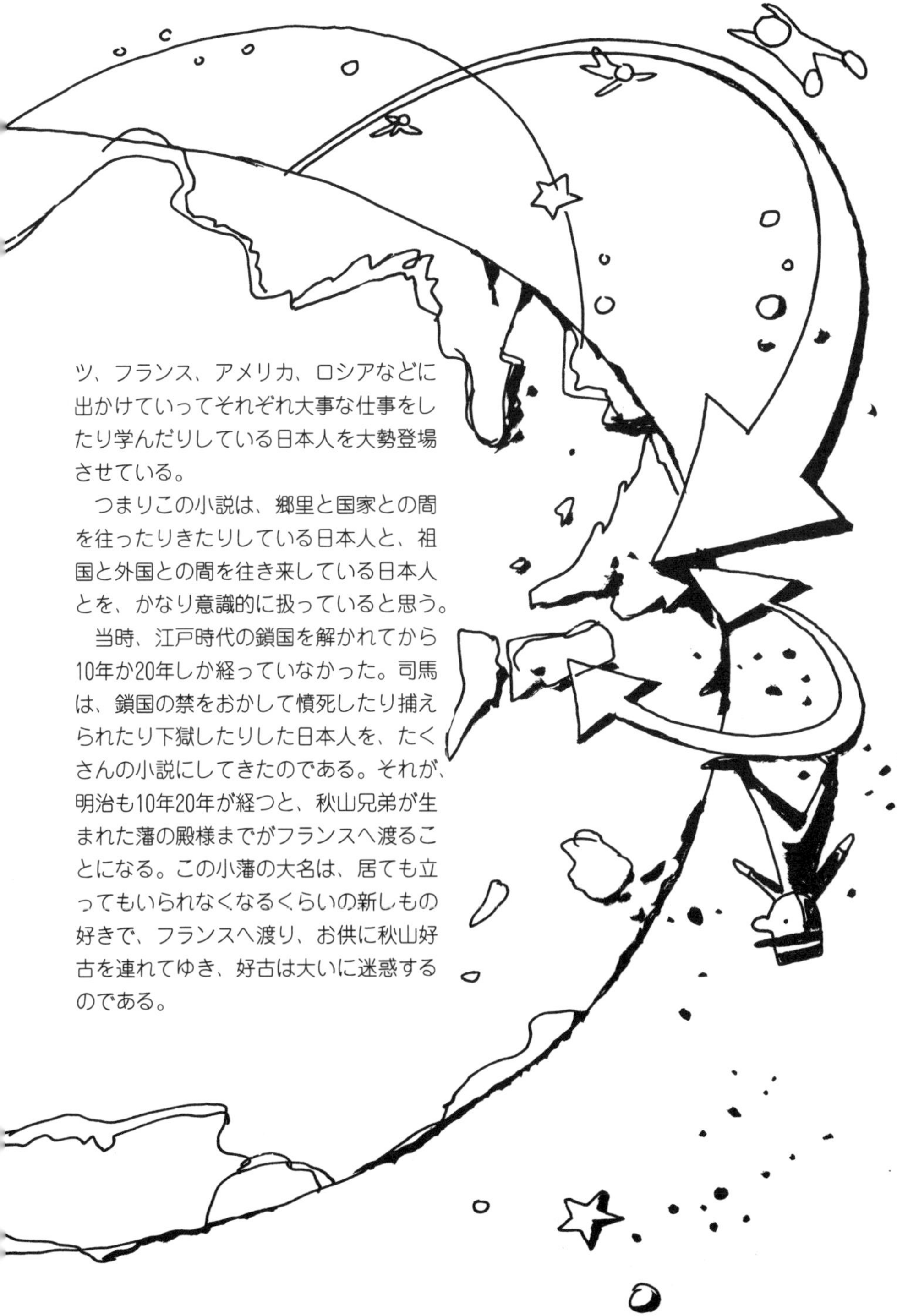

ツ、フランス、アメリカ、ロシアなどに出かけていってそれぞれ大事な仕事をしたり学んだりしている日本人を大勢登場させている。

つまりこの小説は、郷里と国家との間を往ったりきたりしている日本人と、祖国と外国との間を往き来している日本人とを、かなり意識的に扱っていると思う。

当時、江戸時代の鎖国を解かれてから10年か20年しか経っていなかった。司馬は、鎖国の禁をおかして憤死したり捕えられたり下獄したりした日本人を、たくさんの小説にしてきたのである。それが、明治も10年20年が経つと、秋山兄弟が生まれた藩の殿様までがフランスへ渡ることになる。この小藩の大名は、居ても立ってもいられなくなるくらいの新しもの好きで、フランスへ渡り、お供に秋山好古を連れてゆき、好古は大いに迷惑するのである。

「十七夜」という章では、子規の歌を紹介している。「世の人は四国猿とぞ笑ふなる　四国の猿の子猿ぞわれは」という和歌である。

〈子規は、自分が田舎者であることをひそかに卑下していたが、その田舎者が日本の俳句と和歌を革新したぞという叫びたくなるような誇りを、この歌にこめている。〉

子規にはこんな気概があった。花鳥風月だけの文人とは違う。当時、歌や句や詩をひねくる男は、出世できない、立身のさまたげになるといわれ、学校の教員になる者も詩歌に興味を持つものは敬遠された、と作者も秋山兄弟の経験を書いている。それを一歩踏み越えて、短歌革新運動をやる子規には、一方で日清戦争の勝利を心から喜び、自分も病身ながら従軍記者になりたいと思った純粋な精神が江戸の武士のように残っていた。そんな一面を持つ子規を、国家主義といえば、ずいぶんいまの考えと違うだろうが、そういう気分が、いとも自然のこととして当時には国中に満ちていた。そんなところを今日の読者の納得のゆくように描く苦心が作者には必要だったといえる。

ところが子規には後で触れるように、外国の文学や文章を排除するのはよくない、どこの国の文学から学んでも、それは日本の文学になるのだという信念があった。決して排外的国家主義でない、強い国際性の持ち主でもあったのである。

郷土—近代国家—世界という関係において、その全体の往復運動のなかで生きることが明治の日本人のもっとも進んだ考えであるとすれば、『坂の上の雲』は、その意味でもっとも文明開化的であり、同時にもっとも国民的自覚の信念を自然に心の中に抱く人々の物語であったといえる。

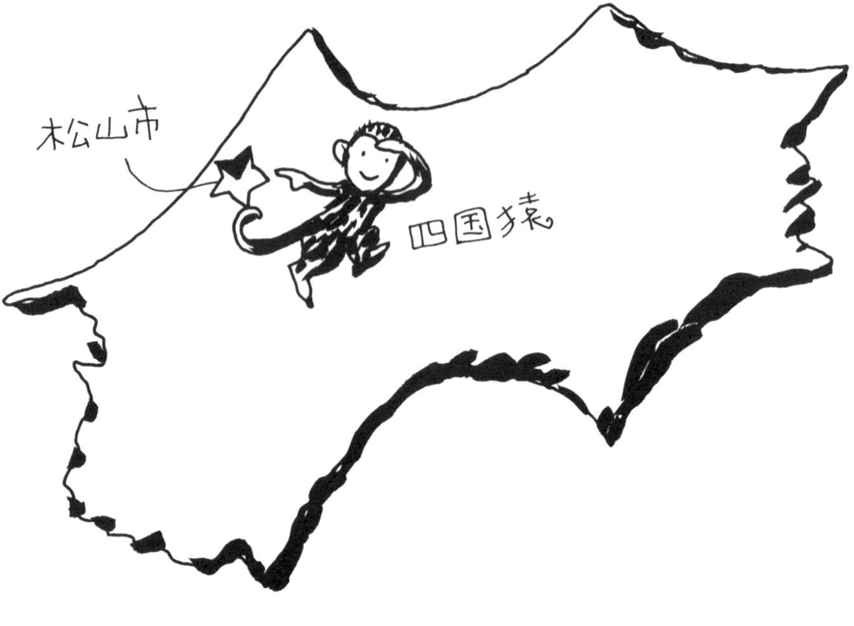

(朝鮮語)
국제원숭이《クッチェ ウォンスンギ》
国際猴子《ゴーチー ホウズ》
(中国語)
unggoy na internasyonal《ウンゴイ ナ インテルナシオナル》
(タガログ語)
国際猿(日本語)
আন্তর্জাতিক বানর《オントルジャテック バノウ》
(ベンガル語)
uluslararasi maymun《ウルスラルアルス マイムン》
(トルコ語)

バルチック艦隊司令長官
ロジェストウェンスキー中将

連合艦隊司令長官
東郷平八郎大将

司馬遼太郎における例のくせもこういう複雑な人々の意識を分かりやすく説明するために欠かせないものであったのかもしれない。

戦争という人間ドラマは不思議なもので、陸上では直《じか》に遭遇する敵味方の兵の白兵戦でなければ、人間同士のぶつかり合いにはならない。戦後文学のなかで、大岡昇平は、敵味方の接触の極限を描こうとして『俘虜記』や『野火』を書いた。また、海戦では、相手の艦を沈めて波間に放り出された水兵を救ってやるところからしか人間同士の触れあいは始まらない。

日本海海戦でバルチック艦隊が破れ提督《アドミラル》のロジェストウェンスキーは重傷を負い鮮明な意識も失われた。司馬は次のように書く。

〈提督はすでに戦士としては、水兵よりも無用な存在になっていたが、幕僚たち二十人はこの無用の人を救うべく旗艦スワロフをすてたのである。〉

本来、艦長なり提督は艦と運命をともにして海中に沈むべきだ。それが救われて佐世保海軍病院に運ばれ、東郷は見舞いに訪れる。東郷に同行したのはフランス語のできる山本信次郎と秋山真之の2人だけであった。フランス語は、日露の共通語として通用していた。

重傷のロジェストウェンスキーと東郷とはたがいに顔をみる。これが最初の対面である。

ロジェストウェンスキーは帝政ロシア興亡の重責を担って北欧のバルト海からインド洋を渡り、7カ月以上もかかってはるばる対馬海峡までやってきたのである。そしてわずか2日足らずの海戦で、敵国の病院のベッドに横たわったまま動くこともできない。それは一種喜劇的でさえあるが、「戦争とはそういうものであろう」と作者は言う。そして、

〈東郷は、相手の役割のつまらなさに深刻な同情をもっており、相手の神経をなぐさめるためにのみ自分は存在していると思い、そのことを相手にわからせるために彼が身につけているほんのわずかな演技力でもって精一杯にふるまおうとした。〉

東郷平八郎
……………
(通訳)秋山真之
ボンジュル、サバ?
山本信次郎
トレビアン
ロジェストウェンスキー

東郷は、元来が無口であった。この何かこっけい味のある文章から東郷の武骨な人柄と、無意味、徒労の働きしかできずに手足も動かせなくなったロシア海軍の武将との対面が見事に描かれている。日本の将軍たちの多くは、旧幕の軍事知識しかなく、幕末に大急ぎでフランスなどの軍事教育を受けただけだった。全く、近代戦の方法を知らずに満州の大地にかけつけた師団長などもいた。日清戦争の後、急ごしらえで、アメリカやドイツやフランスに出かけた日本の軍人は、そこで騎兵とは何か、砲兵はいかに行動すべきか、工兵とは何をする兵なのかなどを学んだ。しかしその大部分の知識と訓練は日露戦争に間に合わなかった。

しかし、明治における国際的交流は、教育と軍事から始まったのである。すなわち文明開化の根本は富国強兵であった。強兵は最重要の課題になった。なぜなら、軍艦も大砲も外国から買わねばならなかった。日本軍の兵の服は相変わらず粗末である。だが武器兵器は最新のものでなければならない。

終わってみれば、戦争ほど徒労でつまらないものはない。勝敗がきまってようやく敵味方の人間は出会える。ただし負傷してか敗れてかである。

日本海海戦の日本勝利でもっとも喜んだのは、ヨーロッパにある「一種のアジア的白人国」のハンガリー、フィンランド、ポーランドなどの人々で、彼らは長年の帝政ロシアのくびきから解放されると思った。しかし、ロシアがソ連に変わっても、これらの国々の民族は解放されなかった。真の解放には、その後70年もかかった。一方、アジア人は即座に反応しなかった、と作者は書く。中国人も朝鮮人も、白人(スペイン)の支配にあるフィリピンなども鈍感であったという。

中国や朝鮮の人々は、この後、むしろ本格的な日本帝国による内政干渉と侵略

幸福な国家主義
の時代だった
AMIRAALI
海賊バイキングの故郷
フィンランドでは 東郷を記念した
ブランドのビールが今も発売中です。

が始まることを予測したかもしれない。日露戦争の直前に日英同盟を結んだイギリス、講和の労を買って出たアメリカなどは日本の勝利に一応は安心したろう。ともかく、極東アジアの一角に生まれた新国家日本が、清国とロシアという大国に続けて勝ったことは、以後の国際情勢に大きな変化をもたらしたに相違ない。

『坂の上の雲』は、日本が世界の檜舞台に否応なく躍り出るまでの時代を、あらゆる角度から調べ分析して描いている。つまり、本格的な歴史小説なのである。

明治の将軍たちと、戦国・江戸時代の武将との違いは、前者は国家のため、後者は自分の藩のために働くところにある。参謀格の秋山兄弟は、実戦にも参加し、兵とともに働き、同時に作戦の指揮もとる。参謀は、将軍たちの下で国家のために働くのである。

作者が言うように、天皇の存在は、軍の首脳にも将兵にもそれほど強く意識されていなかったようだ。天皇陛下のため！という意識が全軍全国民の間に行きわたるのは昭和になってから、それも太平洋戦争開始後のようである。このことも、『坂の上の雲』を読むとき注意すべきことである。すなわちこの時代は、一方でまだ藩閥意識が尾を引き、同時に国際的舞台での活動が目ざましく行われ、その中間に国家のためという意識が国民全体の間にひろがっていた。そのような時代が『坂の上の雲』の舞台の背景にあった。

日露戦争後、明治天皇のあとを追って乃木希典が自刃した。司馬が『殉死』を書いた。やがて大正となり、徳川慶喜が歿した。司馬は『最後の将軍』を書いた。そして時代は第１次世界大戦となり、東京は大震災に見舞われ、やがて「十五年戦争」になる。やはり、『坂の上の雲』は、“古き良き時代”への惜別の大河叙事詩なのである。

フランス人ジャーナリスト、ビゴーのまんが。

第２章　「日清戦争」と「大諜報」

　まず、私は秋山兄弟と子規という、作者が折角選んだ３人にちょっと脇へ退いてもらおうと思う。この３人の言動を歴史的に順を追って辿っていくと、作者の思惑通りの明治時代物語に陥ってしまう。それよりは、いきなり途中から突っ込んでいこう。まず、文庫本㈡の冒頭の章、「日清戦争」からはいり、次に文庫本㈥の「大諜報」を、とりあげたい。この二つの章では作者の歴史観がほとんど生《なま》の声で語られている。また、「坂の上の雲」を見上げるまでの長い道程を辿る明治の人の息吹と、ほとんど関係のない場所に立って作者が独り呟《つぶや》いている。つまり明治を作者が舞台の裏から終始観《み》ている珍しい章である。つまり「明治」の相対化が行われている。

　「日清戦争」という章のなかで、司馬は言う。「人類は多くの不幸を経、いわゆる帝国主義的戦争を犯罪としてみるまでにすすんだ。が、この物語の当時の価値観はちがっている。それを愛国的栄光の表現とみていた。日本は国が小さすぎたが、しかし清国との戦争に勝とうとした。勝つには、勝つためのシステムと方法があるであろう。そのシステムと方法こそ、参謀本部方式というべきものであった。プロシャ主義である」(傍点、中島)。

　ここでいうプロシャ主義とは、国家が軍隊を持っていて指揮指導するのではなく、軍隊が国家のシステムと方法を指揮指導する主義というほどの意味である。その場合、参謀本部が最重要な指揮権を持つ。国家は、陸海軍の参謀本部の判断

と戦術にひきずられていく。首相とか内閣とか、まして国会というものなどは、作戦参謀の意志によってほとんど無視される。これを世に、プロシャ式ミリタリズム（軍国主義）と呼ぶ。軍国主義が帝国主義にまで成長すると、近隣諸国を侵略したり併合したりする植民地主義にまで進む。この過程を司馬は、「いわゆる帝国主義的戦争を犯罪としてみるまでにすすんだ」と表現した。

プロシャ陸軍にメッケルという参謀少佐がいた。そのメッケルの教えを受けた川上操六《そうろく》は陸軍の至宝といわれた。川上は明治20年1月にドイツに派遣され、1年半後に帰国して参謀次長になった。「この薩摩出身の軍人の思想はプロシャそのものになった」と司馬は書く。それは「国家のすべての機能を国防の一点に集中する思想である」。川上は骨のずいまでのプロシャ主義者であったため、「参謀本部の活動はときに政治の埒外に出ることもありうると考えており、ありうるどころか、現実ではむしろつねにはみ出し、前へ前へと出て国家をひきずろうとしていた」という。そして司馬は次のように言う。

「――日清戦争はやむにやまれぬ防衛戦争ではなく、あきらかに侵略戦争であり、日本においてはやくから準備されて

プロシャ主義者
川上操六
川上であやつる。
生き方が名前に表われている！
川上→
川下

いた、と後世いわれたが、この痛烈な後世の批評をときの首相である伊藤博文がきけば仰天するであろう。伊藤にはそういう考え方はまったくなかった。が、参謀次長川上操六にあっては、あきらかに後世の批判どおりであるといっていい。

そこがプロシャ主義なのである」

すなわち川上参謀次長は、初めっから「支那討つべし」であり、戦争不可避とみれば先制攻撃をかけるのが上策であり、勝利のためには軍事情報を得るための諜報活動が必要であるという前提ですべてを計画した。そのことが良いか悪いか、侵略につながるか否かなどは問題にならない。そして諜報活動の方法は手段を選ばず、中国の地下組織とも手をむすび、革命運動(清朝転覆のための)とさえ連絡をとろうとした。

帝国議会仮議事堂
首相・伊藤博文

日清戦争は明治27年に始まるが、明治20年7月になると、将校の現地(中国各地と朝鮮)派遣はいよいよさかんになったという。これらはみな「敵情調査」のためである。しかし「この間《かん》、清国陸軍の機能はねむったがごとくうごいていない」。韓国は、清国に対して自分の国の内乱鎮圧のための出兵を要請した。このこと自体、今から考えれば奇妙である。しかし、もっと奇妙なのは、東京では日本も出兵を閣議決定したことだ。大国(眠れる獅子)支那が隣国の小さな韓国の内乱鎮圧のために出兵し、それと相呼応して頼まれもしないのに日本も出兵する。

作者は言う。「しかし、単に出兵であり、戦争をおこすということではない。閣議(日本の)は、韓国における日清両国の勢力均衡を維持」するためという。

しかし、伊藤首相は、さすがにこの日清間の出兵問題が戦争にまで飛躍することをおそれつづけた。「アジアを西洋の侵略からまもっているものは日本と清国である。もしこの両国が戦うことになれば西洋の列強が漁夫《ぎょふ》の利を占め、ついには両国の大害となり、アジアの命脈も回復しがたきにおちいる。されば絶対に戦争を誘発する行動はとるな」。伊藤博文首相の心配は、このことに尽きる。だが、参謀本部の川上操六は、これ(閣議)とは全く別な内訓を軍部に与え、大軍の出動を命じた。「首相の伊藤博文も陸軍大臣の大山巌《いわお》もあれほどおそれ、その勃発をふせごうとしてきた日清戦争を、参謀本部の川上操六が火をつけ、しかも手ぎわよく勝ってしまったところに明治憲法のふしぎがある。ちなみにこの憲法がつづいたかぎり日本はこれ以後も右のようでありつづけた。とくに昭和期に入り、この参謀本部独走によって明治憲法国家がほろんだことをおもえば、この憲法上の『統帥権』という毒物のおそるべき薬効と毒性がわかるであろう」。

司馬遼太郎は、何気ないような筆法で(私にはそうみえる)、明治から昭和の日本敗戦までの歴史を一気に裁断する。これが司馬式の歴史小説における、一種の立ち止まり解説解釈戦法である。

戦争しちゃだめだよ
なわけにいかないよ。軍隊だもの。
伊藤博文
川上操六

キツツキ
木をつついちゃだめだよ
……
ペロ〜 なめたりして…
東から昇っちゃだめ!
ぐに〜 かじったりして…
米を作っちゃだめだよ
作るよ。百姓だもの

日清戦争で日本が“手ぎわよく勝ってしまった”のは、川上らの7年も前からの準備の周到さがものを言ったからだろう。伊藤らは、憲法論をふりかざし西欧列強の脅威を説きながら、慎重に慎重にとおさえながら、なし崩しに出兵の機会と兵員数の増大を黙認していた。川上とその部下は、中国大陸の隅々にまで潜入したり公然と現地へ赴任したりして情報をキャッチし続けていた。万全の準備が整ったところで日清戦争は日本主導で始まり、日本の憲法国家政府は、勝利の果実を受け取ったのである。そこにみられる全体の流れは、いとも自然であり、なるようにしてなったとしか思われない。後世、これを帝国主義と呼ぶようになる。

これが、司馬式の日清戦争歴史観である。しかし、事実このとおりに明治の歴史は推移したのであろう。日本国民の99%は、ことの成りゆきに疑問を抱いたり反対したりしなかったのだと思う。国家理性とか国民の輿論とは、たいがいこんなものである。政府は、既成事実を追認して得た果実だけを拾う。何十年か経った敗戦で日本政府も参謀本部も、勝利という果実を拾い損ねて自滅し、国民は戦災の罰を受けた。天皇の統帥権という怪物的特権の神話もかき消えた。

3000万人(当時)の日本国民のなかにも、内村鑑三のような日清戦争反対論者がいた。

内村は、日清戦争の当時『代表的日本人』を書いた。彼が選んだ日本人は、西郷隆盛、上杉鷹山、二宮尊徳、中江藤樹、日蓮上人の5人であった。熱烈なキリスト教徒である内村が、征韓論に破れ西南戦争で自死した西郷や、米沢藩の財政危急を救って名君といわれる鷹山や、農本主義のオルガナイザー尊徳や陽明学者の藤樹と、ぐっとさかのぼって『立正安国論』をときの北条執権時宗に奉ろうとして逆に佐渡に流された日蓮ら5人を代表的日本人に選んだのは、不思議でもある。しかし、これを書いた内村は、盲目的忠誠心や好戦的愛国心は日本国民の特質ではないことを訴えようとしていた。一方、近代日本随一の啓蒙学者と今日でも尊敬される福澤諭吉は、日清戦争勝利を諸手をあげて喜んだ。福澤は大の儒学嫌いだったという。儒学が江戸時代の封建武家社会を築いたのだから、儒教の祖国である中国の蒙を啓くためにも、近代日本は中国に勝たねばならないと福澤は確信したのだという。

こんな代表的日本人は いかがです？
葛飾北斎
美空ひばり
田中正造
車寅次郎
光源氏

ところで、明治27年６月12日、日本陸軍の混成旅団の先発部隊は、“はやくも”仁川に上陸した。「清国はおどろき、韓国はろうばいした」と作者は書く。「日本帝国の公館と居留民を保護するというには、上陸旅団の人数が多すぎる」と清国はさかんに抗議したという。一方、京城には公使として大鳥圭介《おおとりけいすけ》が駐在していた。大鳥は旧幕臣、函館の五稜郭にまで転戦して薩長と戦った経歴の持ち主である。長州閥の陸奥《むつ》宗光は外務卿として大鳥の蛮勇を利用した。こんな例は、明治の世にいくらもある。「大鳥をして一雨ふらせる」ことを陸奥は期待して、対韓強硬外交をやらせた。その背景に一個旅団の兵力は必要だった。

大鳥は、韓国は清国への従属関係を絶つことと、日本軍の力によって清国軍を韓国から駆逐してもらいたいという要請を出すべしという２点を要求した。当然、韓国はこれを拒否した。日本の大使は「銃剣の威をかりて強盗のようなことをする」と京城にいる列強外交団は大鳥を嫌悪した。しかし、ついに７月25日、韓国は大鳥の要求に屈し、仁川から上陸していた日本の旅団は、すぐに清国軍に対する戦闘行軍を開始した。７月29日、この「第一戦」は日本側の勝利に終わった。しかしまだ、清国に対する宣戦布告はおこなわれていない。一方、７月25日には、すでに海上の会戦は始まっていた。清国が陸兵輸送のためやとい入れていた英国汽船高陞《こうしょう》号の英人艦長に対して、日本海軍の巡洋艦浪速の艦長東郷平八郎大佐は、「その船をすてよ」と信号で命じた。しかし、高陞号の艦内は混乱してなかなか応じなかったので東郷は、これを撃沈させた。東郷の採った処置は国際法に照らして合法であることがわかってこの事件は解決したが、清国に対して宣戦布告が発せられたのは、その７日後の８月１日であったという。その頃、秋山真之海軍少尉は巡洋艦筑紫《つくし》に乗りくんでいた。このように作者は、日清戦争が本番になるまでのいきさつを淡々と書いている。約10年後に旗艦三笠に同乗する東郷大佐と秋山少尉は、別々の海域の巡洋艦に乗っていた。

清国
ズドーン
早めに着いちゃった〜
韓国
仁川
（インチョン）
しごと始め
ちゃお！

筑紫も清国の高陞も英国製である。同じイギリス製の艦船同士で日清戦争は開始された。対清宣戦布告の何日も前に、韓国内の清国軍の陣地は日本軍の猛攻により陥落していた。当時日本軍は、これを第一戦の勝利と唱えていたのである。その3日後が宣戦布告!

日清戦争はパールハーバーどころではない、公然たる局地戦(韓国内と清国領海内の海域)の連続と、清国内における日本将校の諜報活動をもって準備期間としていた。実に不思議な戦争の開幕である。司馬は、これを参謀本部方式と名づけた。そういえば「大東亜戦争」も同じ方式で始まった。「満州事変」は、さらに大規模で明瞭な参謀本部方式であり、同時に、現地(満州や上海等!)優先方式であった。

この方式は、1945年8月15日の敗戦時まで繰り返され、ついに幕を閉じた。その間、日本の参謀本部は、いつも勝利をおさめ、内閣も国会も陸海軍の首脳までもが、現地方式におし切られ、その采配は参謀本部が振った。ただいくつかの失敗があった。シベリア出兵とノモンハン事件である。この二つの"戦"について書いた小説は、ほとんど見当らない。司馬もついに作品化しなかった。

戦争というものは、ダラダラと始まってダラダラと終わるらしい。日本軍は、いつも宣戦布告の前に戦争を相手国の領土内で始めていた。そして終戦も、それほどはっきりしたものではない。特に敗戦ともなれば、戦後も戦闘が長く尾を引いていた。沖縄地上戦がそのよい例である。ソ連軍などのソ満国境進撃は、8月15日の直前であり、満州国内での戦闘は、それ以後もしばらく続き、北海道周辺海域では、戦後もソ連海軍の潜水艦は日本の船を沈めていた。要するに戦争というものは、強い国、勝利の国の都合で準備され、開戦の大義名分がつくられるのである。日本国民は、日清戦争以来ずっと、この方式の習慣になれ切って、不思議とも不合理とも思わずに敗戦まで過ごしていた。

司馬は、戦後、自衛隊の幹部を前にして講演をしたとき、日本の軍隊は忠誠心は旺盛だが、情報の収集技術が未熟であると言った。情報というものが、いかに必要で、戦の勝敗を決するものといってもよいかを警告したのである。時代の推移は司馬の言うとおりになった。情報活動とは、すなわち諜報活動、つまりスパイの行動である。

強い国のつごうを正当化するのが「国際法」だよ
そ、そんな本当のこと言えないよ....
伊藤博文
小泉純一郎
おれが国際法だ
ブッシュ

ビゴーのまんが「アジアの帝国」

サンタクロース
あ、すごい
プレゼント
ちょうだい！
ヘルシンキ
ストック
ホルム
ペテルブルグ
明石元二郎
100万円持って
スパイ活動を始めた。
ワルシャワ
革命の女神
ブレシコブレシコブレシコフスカヤ
ちょっと
長すぎる
スパイの都
ロンドン
パリ
革命大会

文庫本(六)の３番目の章は、ずばり「大諜報」だ。ここの主人公は明石元二郎《あかしもとじろう》大佐である。「日露戦争の勝因のひとつは明石にある」といわれた。巨大ロシア帝政国家の滅亡は、自然倒壊といわれたが、その速度を一気に速めたのは日露戦争の敗北であり、日露戦争の日本勝利をもたらしたのはロシア革命という帝政ロシアの自然倒壊である。そして、自然倒壊の裏側には、明石元二郎のヨーロッパを股にかけた諜報活動があった。明石は、元来、スパイに向いていない男だったと作者は繰り返し書く。しかし明石はロシアの帝政の圧政に苦しむヨーロッパ各地の民族国家の革命党に直接渡りをつけ、大胆にこれらをつなげる行動をとった。そこには、なんの技術的な工夫もなかった。少なくともそのようにみえたという。いくつもあるロシア内外の革命党は、それぞれに烈しく対立していた。そこで明石は、対立する革命党の群れの目的は唯一つ、ロシアのツァーを倒すこと、農奴制からの解放、北欧や中欧諸国をロシアの圧政から解き放つこと、他のことは考えるなと主張し、各党派の指導者たちを納得させた。明石は、おれはレーニンの友人だと平気で公言した。彼自身は、ほとんど何もしなかった。ただ一つの目的のために各国各地の党をつなげ、金をばらまいてプロのスパイも使った。明石は、欧州人が金で雇われたことを忠実に守る契約社会の人間だという事実を改めて知って驚いた。日本人にはない風習であると思った。プロのスパイは裏切るかもしれない。だが、一定の金に対するだけの仕事はした。日本ではあまり考えられぬことだ。それだけヨーロッパは進んでいた。明石の他に、役に立ちそうな日本人は当時のヨーロッパにはほとんどいなかった。日本人は国際的な情報社会から完全にとりのこされていたのである。ロシア帝政への恨みと憎しみ、革命と解放への情熱、契約の尊重、一つの目的のために立場や思想を乗りこえる覚悟、そしてロシア帝政そのものの衰弱、ロシア国内での農民と青年貴族(インテリ)の目覚め、これらのことがすべて明石に幸いし、参謀本部から明石に手渡された百万円という大金が、諜報の収集に役立ったといえる。当時、世界の情報の集まるところはロンドンであった。明石もロンドン情報を大いに利用した。ロシアにいるより、いわんや日本にいるより、ロンドンに出かけるほうが、はるかにロシアについて知るところが多かった。

明石元二郎少年
髪はボサー
構想力がゆたかで
図学が大好き。
服は
ボロボロ
鼻水がたれている。
おとなになるまで
歯をみがいたことがなかった。
熱中して
おしっこしても気がつかない。

司馬は、しかし次のように書く。

〈ロシア側によって書かれたいかなるロシア革命史にも、明石元二郎の名は出ていない。が、ロシア革命は、明石が出現する時期からくっきりと時期を劃《かく》して激化し、各地に暴動と破壊事件が頻発《ひんぱつ》したということはたれも曲げることはできないであろう。「明石はおそろしい男だ」と、明石の味方であるはずの東京の参謀本部でさえ、明石という男を不気味がるむきもあった。〉

明石元二郎は、『坂の上の雲』の４人目の主人公だといえる。彼は「一個人がやったとはとうていおもえないほどの業績をあげたというべきであり、そういう意味では、戦略者として日本のどの将軍たちよりも卓越して」いたと作者は言う。「日本海にうかぶ東郷艦隊の艦艇のすべてにくらべてもよいほどのものであった」とも言う。そんな明石元二郎も、しょせんは一介のスパイにすぎない。彼の活動はすべて単独行である。四六時中、身の危険を感じながら欧州の各地に出没した。そんな彼に幸いしたのは、風采の上がらない彼自身の姿であった。目立たぬ男、目的のためには直情径行的に何でもやりとげる男である。

偉大なるスパイ
明石元二郎
風采が上がらない。
目的のためには直情径行的に
行動するタイプ。

КРАСНЫЙ ОКТЯБРЬ
И ГОДЫ ГРАЖДАНСКОЙ ВОЙНЫ

10月革命

スパイにはなれない
筆者・中島誠
風采わるくない。
目的や手段について
いちいち深く思索するタイプ。

明石大佐は、ヨーロッパに来て、祖国日本とは全く異なる世界のあることを観た。革命というものの、また民族国家の独立ということの意味を、肌に直接触れる激しい感覚として知ることができた。そしてそのすべてを、日本のために逆用したのである。明石にとってロシア革命などは、どうなってもよいものである。明石は、すべての革命党の党員に対して、あたかも自分が同志であるかのように近づいていった。あるときは金をばらまいた。諜報活動における真のおそろしさは、近づく相手にすべて本心を明かさずに仲間となることにある。偽善者であり役者でなければつとまらない。明石以外の3人の主人公にはない一種の素質が彼には備わっていた。しかも明石は、自分が終始死の近くにあり、いつもウソをついていることを、それほど恐怖として感じない特別な資質を持っていた。しかも、彼はいつも精一杯の活動を続けた。だが、明石は全体としてウソのかたまりの行動を続けるなかで、一人一人の“同志”に出会うときには、真情あふれる一個の人間として振舞った。「大諜報」の章を読んでいると、明石という人間が命がけで祖国のために尽くしていることを疑ってみたくなる。彼は自分自身をも裏切って独り楽しんでいるのではないか。つまり明石は、それくらい空おそろしい人物なのだ。彼は、東京の参謀本部の上部もび

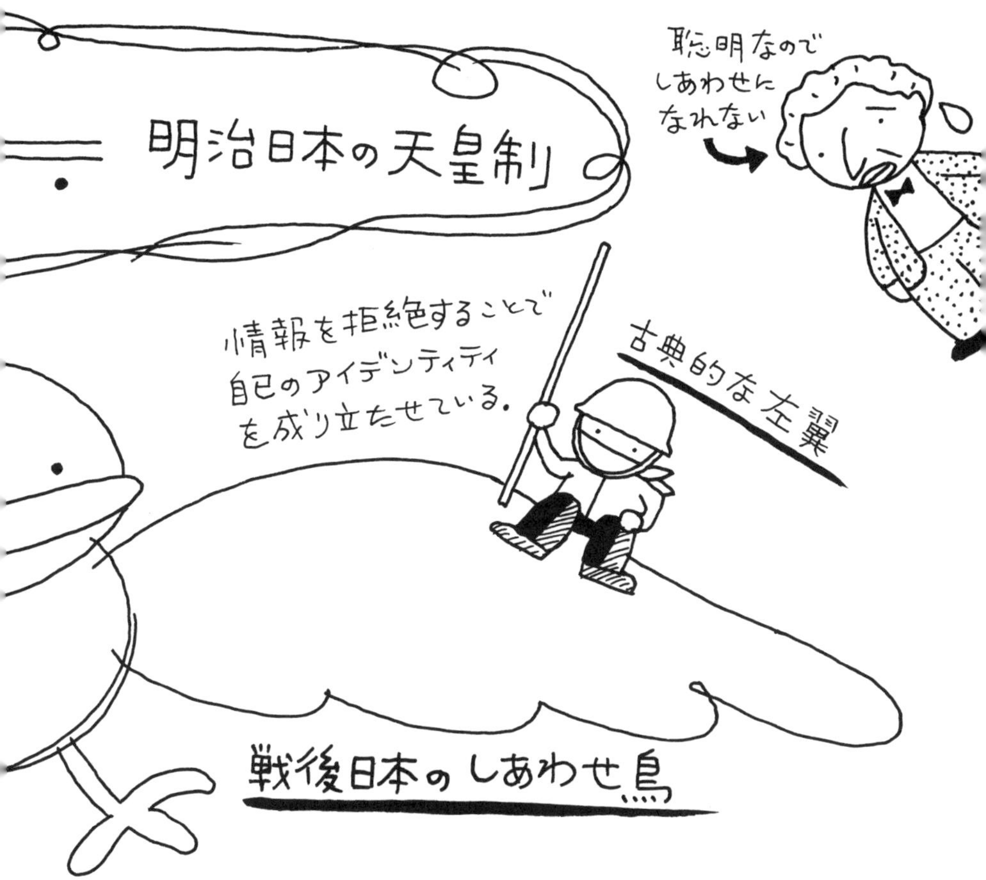
明治日本の天皇制
聡明なので
しあわせに
なれない
情報を拒絶することで
自己のアイデンティティ
を成り立たせている。
古典的な左翼
戦後日本のしあわせ鳥

っくりするくらいの働きをした。最初、軍の上層は、明石が諜報者として適格かどうか疑わしいと思っていた。

もうひとつ「大諜報」で見逃せないのは、日本の朝野が、帝政ロシアと明治日本の天皇制を同質のものとして捉えていた無知というか、情報の完璧な不足についての、作者の指摘である。このような認識の不足は、ロシアの革命勢力に対する無知につながっていた。そこで作者は言う。(この無知ないし情報の不足は)「その後、昭和期にいたり、さらにこんにちなお、一部の社会科学者や古典的左翼や右翼運動家のなかに継承されているのである」と。ロシア社会主義革命は成功した。日本ではこれを1917年のボルシェヴィキ革命という。そこでソ連という共和国が生まれた。それは70年経って崩壊しロシアに戻った。帝政が復活したわけではない。従ってこれは反革命とは言えない。ただ自然に崩壊し、ソ連体制が解体して、ロシアだけが生き残ったのである。それは一体、歴史の進歩なのかそれとも退歩なのか。20世紀は人類最大の愚行の世紀といわれるが、ソ連の誕生とロシアの再生は、両方を含めて最大の愚行だったのかもしれない。ロシアの民衆は、ツァーリとその周囲の大貴族を心底から憎んでいた。周辺の諸民族は、ツァーの軍隊を四六時中恐れていた。

司馬の言うように、明治の日本人は明治の天皇制をロシアの帝政と同じようなものとみていたのか。しかしそれではロシアの民衆が百年かかってようやく行なった“革命”について理解するわけには到底いかなかったであろう。ロシアの帝政と日本の天皇制を同質のものと見誤っていた近代日本の知識人のなかの左翼は、日本でもロシアと同じような革命がやがて起こると予測し期待し、そのことを“社会科学的”に理論化していた。このような作業は、大正から昭和にかけてまで継続され、資本主義発達史講座やマルクス主義研究のぼう大な業績となって積まれ、ついに今日に至るまでほとんど役に立っていない。司馬は、そのことを指摘している。つまり、司馬の言うことに反論するのには、大変な理論展開が必要になってくるだろう。

司馬遼太郎は、何気ないような素振りで、長篇小説のなかにふと註釈をつける。司馬は、情報とその分析が決定的に不足していたと言ってすましているが、彼の片言隻句には意外に途方もなく大きい問題が含まれている。

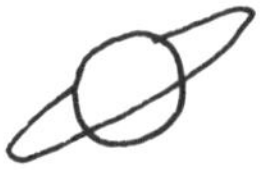

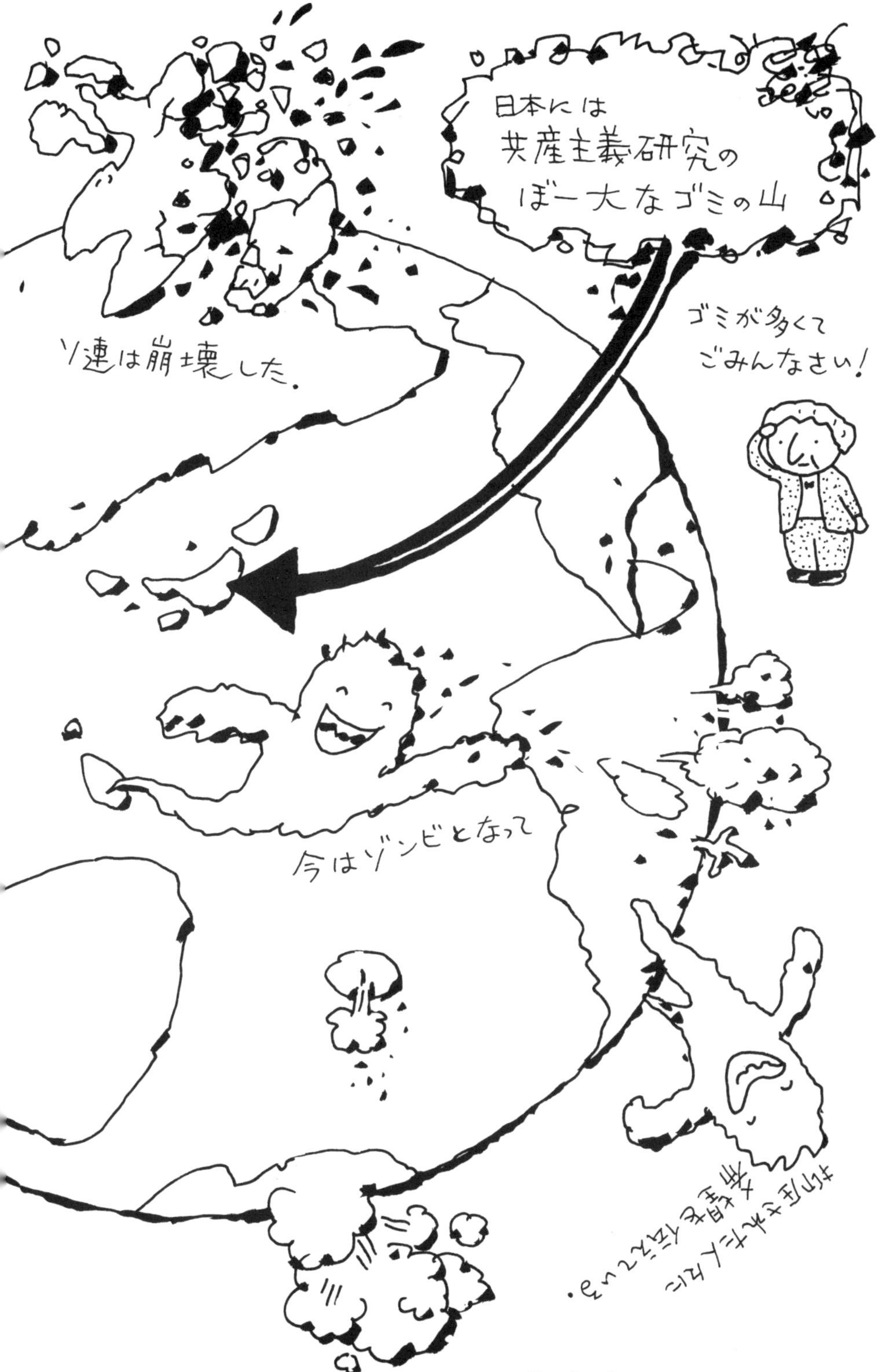

日本には
共産主義研究の
ぼー大なゴミの山
ゴミが多くて
ごみんなさい!
ソ連は崩壊した。
今はゾンビとなって
抑圧された人々に
害毒を伝えている。

「大諜報」には、シベリアに追われた革命の女神ブレシコブレシコフスカヤという女性が登場する。彼女の言動についての記述はともかくとして、司馬は次のように言っている。少し長い引用になるが、司馬が何故、明石元二郎についてこれほどこだわったかがわかるので、あえて借用する。明石の活動は革命以前に革命への起爆剤を仕掛ける仕事である。しかし、明石の仕事は、革命後の、いや、革命成功からずっと経った革命の清算までの歴史を仕掛けた対人地雷のような役割を果たしていたことを司馬は言いたかったのだと思う。すなわち……

〈多くの革命は、政権の腐敗に対する怒りと正義と情熱の持続によって成立するが、革命が成立したとき、それらはすべて不要か、もしくは害毒になる。革命の火をもやした正義の人も情熱のひとも、革命権力の中軸をにぎった集団から排除され、最大の悪罵をもって追われ、殺され、権力者が書かせる革命史において抹殺《まつさつ》されるか、ロシア革命におけるトロツキーのように奸物《かんぶつ》としてしか書かれない。

人類に正義の心が存在する以上、革命の衝動はなくならないであろう。しかしながら、その衝動は革命さわぎはおこせても、革命が成功したあとでは通用しない。そのあとは権力を構成してゆくためのマキャベリズム（権謀術数）と見せかけの正義だけが必要であり、ほんものの正義はむしろ害悪になる。「ロシア革命の母」であるブレシコブレシコフスカヤがわずかに二年後国外に逃亡しなければならなかったのは、そういう革命の公理によるものであった。革命とその後の権力成立とは別個の原理であることを、ロシア革命後の人類は実例をもって学ぶことができた。〉（傍点は中島）

司馬が『坂の上の雲』の単行本㈠を刊行したのは1969年である。ソ連がロシアになるずっと以前だ。だが、スターリンによる大粛清は、それよりはるか昔に行われていた。

革命といえばフランス革命もあり中国革命もある。キューバ革命は第２次大戦後に成功した。それらの革命が、みな司馬の言うようなロシア革命後の過程を辿ったとはいえない。

ただ、司馬が言った「革命とその後の権力成立とは別個の原理である」といった公理は、どの革命にも当てはまるようだ。中国は、ロシア革命後の公理に学んだといえるのか。文革における失敗を辛うじて乗り越えた中華人民共和国は、元の中華民国に戻らずにすんだ。中国の場合は、清帝国を倒した辛亥革命と共産革命の間に孫文の国民党革命があって、これがクッションの役割を果たしたともいえる。中華民国というクッションのおかげで、中華人民共和国は1949年以後、今日まで滅びずにすんでいる。ロシアの場合は帝政を倒した第１次革命から第２のレーニンらによる社会主義革命までの年月があまりにも短かった。そのため70年も続いたソ連は一挙に崩壊したといえる。スターリン主義とか個人崇拝とかいうことがソ連解体の元兇だという考えは、かなり一面的で、革命後の権力がもたらした現象の一つであるにすぎない。要は、何故、そのような権力が生まれたかにある。

すごい！
やっぱり
貧乏人は
革命したく
なるよな～

大クレムリン宮殿のアレクサンドルの間（現存せず）◀

ニコライ帝の狩猟、獲物を検分している。▼

司馬の言った、革命と革命後の権力成立とは別個の原理で行われるという公理は、それがすべての革命に当てはまるか否かは、難しい問題である。現に人民中国の安泰が、この先何十年か先にどう変化するかはわからないことである。百年二百年の歴史からみるとき、革命後の国家がどのような道を辿るかは、これから先の問題である。それより興味深いのは、ロシア革命と明治維新とは、まるで違うという歴史認識である。すなわち司馬は言う。

〈ただし余談ながら、ロシア革命以前におこった日本の明治維新は、他国の革命の型にはまったくあてはまらない種類のものだが、この場合も、日本に存在したあらゆる思想の革命者が参加した。しかしもっとも流血すくなく終了し、その後あらゆる毛色の革命参加の犠牲者に対し、位階追贈がおこなわれるというふしぎな結末をつくった。〉

ここのところは余談どころではない。司馬がいちばん強調したかった点であろう。明石元二郎が潜入したロシアは、当時たまたま革命前夜であった。明石は、革命の勉強に来たのではなく、諜者(スパイ)としてロシアに来た。そして、ロンドン、ベルリン、パリ、ストックホルム等に点在している革命党をつなごうとした。統一戦線ということばまで出てくる。ただし、彼らはロシアの帝政を倒すことが当面の唯一最大の目標で、革命後に何をいかにすればよいかは、ほとんど考えていなかった。そんな余裕もなかった。マルクス主義とか社会主義とかコミュニズムという“イデオロギー”ないしは革命の理論と革命後の国家体制づくりの青写真を持ちあわせていなかった。彼らのうちの何人かは、ツァーを殺す、つまりテロをやることを考えたが、一般の民衆は、ツァーに対して信仰にも似た尊崇の念を抱いていた。司馬は“血の日曜日”の光景を描いているが、1人の神父に煽動されて宮殿近くまで押しよせた民衆は最後まで皇帝を信じ、ただ一目《ひとめ》、皇帝の姿をみることができ、自分たちの苦しみを訴える声を聞いてくれればいいと思っていた。しかし、皇帝の騎馬隊は民衆を蹴散らし抜刀して斬りまくり、兵士は銃を乱射したのである。

皇帝は民衆にとって神であった。その神に裏切られた後、革命の火はロシアの全土に燃えさかった。民衆の大部分は農民である。彼らは、直接、自分たちを農奴として扱う大地主(貴族)を恨み憎んだが、皇帝とその軍隊は味方であると信じていた。だから裏切られたとわかったのちの行動は一挙に叛逆となった。忠誠から叛逆への転換は速く激しいものとなる。

血の日曜日　ウラジミロフ作（モスクワ革命博物館）

倒されたニコライII世の銅像の首

一方、日本の明治維新は、ロシアと様子が違っていた。司馬は彼我の対比をうまく捉えている。明治維新が革命であったかなかったかの議論は、戦前戦後を通じて長く行われたが、いずれにしても維新の前と後では、日本は大いに変わったといえる。司馬が明治維新について語る、他国の革命との違いは、『坂の上の雲』全篇のなかに貫かれた通奏低音といえる。特にロシアの帝政時代と日本の江戸時代との比較、幕末・維新とロシア革命との違い、そして、維新後の日本と革命後のロシアとの対比は、司馬の歴史観の根底を物語っている。

ここが、司馬遼太郎が、明治に甘く大正・昭和に辛い点しかつけないと批判される理由でもある。さきに、日清戦争の勃発は、後世の社会科学者や左翼にいわせれば帝国主義の始まりだが、当時の日本国民も政府も誰一人そのようには考えていなかった、日清戦争は自然に始まり、勝つべくして勝ったものとして受けとられたという司馬の考えを紹介した。

日清戦争の日本の勝利がロシアの危機意識と極東進出の欲求を一層煽り、日露戦争となったこと、ロシア革命が日本の勝利の主な原因の一つになったことも明らかである。そして日露戦争における日本の勝利が、日韓併合へ自然につながり、やがて満州事変と満州帝国建設となっていったことも、歴史の流れの必然である。こうして、満州帝国の誕生が日中戦争の導因となっていった。つまり、世に言う十五年戦争の遠因は日清戦争だといえる。しかし、日清戦争は、西欧列強のアジア侵略が日本に及ばぬための予防戦争であるといわれ、明治の日本国民も、そう信じざるをえなかった。維新で折角世直しが出来た近代国家を守るために日清戦争は、どうしてもやらざるをえず、勝たねばならなかった。一方、日清戦争は大東亜戦争へまで発展せざるをえなかった。そして敗戦。敗戦は21世紀初頭の今日に至っても、アメリカという唯一超大国のグローバルスタンダードに従って、軍事・外交・経済・政治・文化の中身を左右されざるをえない運命をわれわれにもたらしている。これは好むと好まざるとにかかわらずわれわれが辿らざるをえない宿命であり、今後少なくとも50年は、この日米関係は継続するであろう。今の日本にとって、日米関係は、すなわち国際関係の根本であり、日米同盟は日本国存立の根幹といわれている。

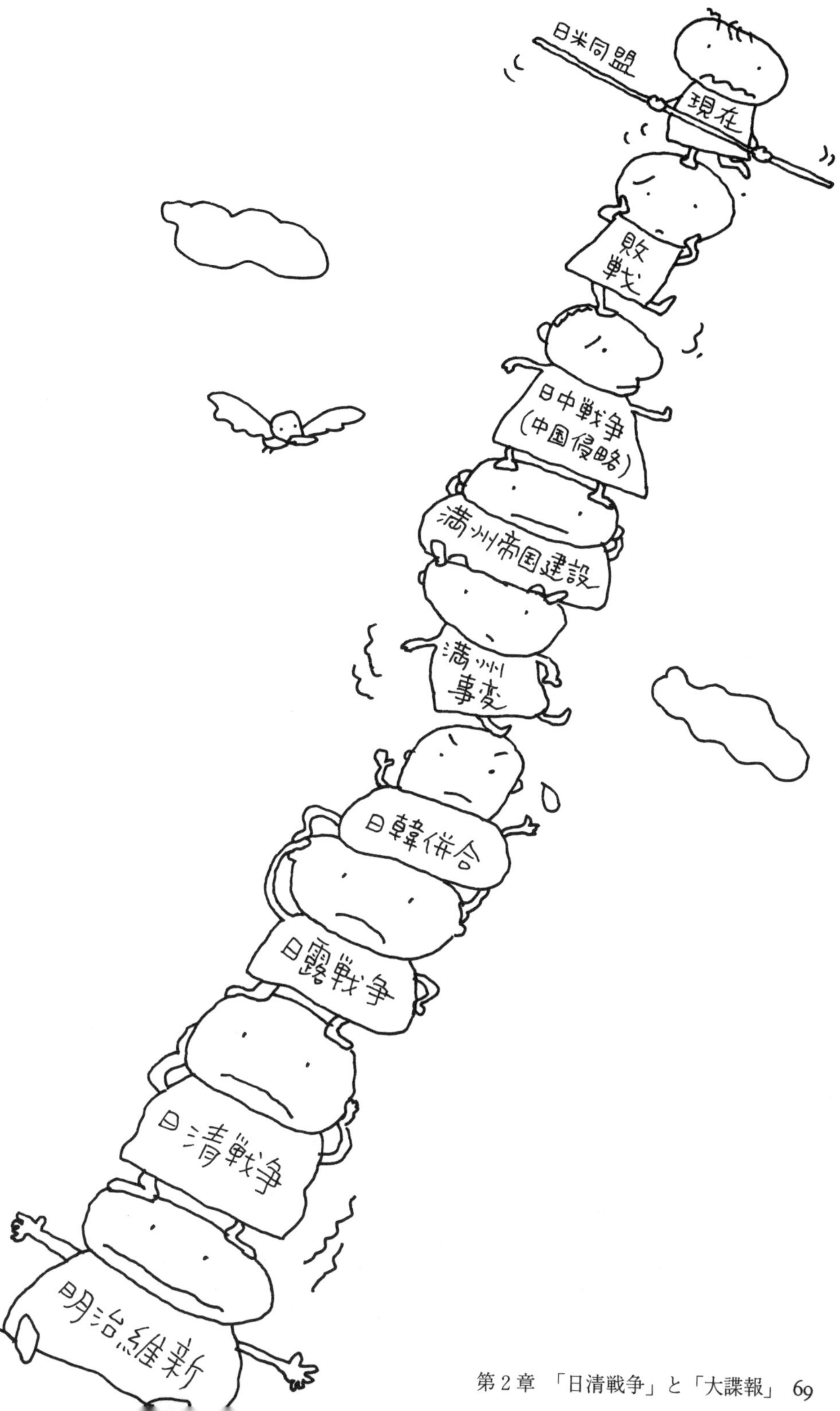
日米同盟
現在
敗戦
日中戦争
(中国侵略)
満州帝国建設
満州
事変
日韓併合
日露戦争
日清戦争
明治維新

明治維新は残念ながら、今日の日本が置かれた国際的位置の出発点になっている。司馬遼太郎の史観を考えるとき、ここまで問題は、ひろがってくる。『坂の上の雲』は、そのような作品なのだ。

昨年(2001年)に97歳で亡くなった石堂《いしどう》清倫《きよとも》さんは1904年、すなわち日露戦争が始まった年に生まれた。彼は、戦後『マルクス・エンゲルス全集』『レーニン全集』『スターリン全集』を訳した。そういう石堂さんは『20世紀の意味』という講演記録のなかで、1917年のロシア革命は、ちゃんとまとまった方式があって、それにしたがって遂行されたわけではありません、と語っている。

「レーニン自身にとっても、あの革命の進展には、予期を越えた、あるいは想像外の道をたどったと思います」「レーニンの書いたものを見ますと……時の勢いというか、羽毛を持ち上げるよりも軽々と革命を成功させることができた、と言っています」。これがロシア革命のほんとうの姿であったのだろうと想像できる。「つまり、レーニンたちは、社会主義とは何であるか、いかに実現するかということについてまだ先例もなく、予め具体的計画をもっていたというよりは、現実と格闘する中で実現したことのほうが多かったと思われます。いわば試行錯誤をくり返すほかなかったのでした」。

しかし、いったんソ連体制というものが出来上がると、今度は、これを守ることが必要になってくる。多くの人民の血であがなった革命、その後で折角つくり上げた体制、これをくつがえそうとする者は国の内外に無数に存在する。国内の反革命分子、国外の帝国主義国家群、その双方の攻撃が、格闘すべき現実の相手となった。さらに、二度の世界大戦では、ソ連という祖国を防衛する軍事最優先の

レーニン
革命は羽毛をもちあげるよりも軽々と。

国家体制づくりが急務となる。ソ連は、社会主義体制を守るための軍国主義国家にならざるをえなかったのである。ここからスターリンの独裁が生まれた。本来なら、ソ連体制が出来上がった後もずっと“試行錯誤”が必要だった筈である。もし、ロシアに市民社会の基礎が成熟していたら、祖国の体制を守る鉄の規律よりも、より前進的な社会主義実現のための試行錯誤が可能であったろう、と石堂さんは言う。だが、ロシアが農民の国であり、ロシア革命は飢えて自由を失った農奴の解放を主体にしたものであったればこそ可能であったともいえる。革命の成功と革命後の国家建設の長期的で順調な保障とは、別のことであった。

スターリン
社会主義体制を守るために
軍国主義になるしかなかった。
おもい〜〜
おも〜〜い
おもい〜〜

「大諜報」に立ちかえって、作者のことばを再度、引いてみよう。

〈ロシアは、大きくゆれはじめた。革命というこの複雑な要因のからみあった歴史の原理的変化のなかで、明石のはたした役割はそういう原理的立場からみれば皆無であったともいえるであろう。しかしながら現象面の刺戟剤としての明石の存在価値は小さくない。明石は、ただ金を撒《ま》いてゆく。組織がその金によって組織をつくり運動者はその金によって運動する。その動きがたがいに相乗しあって、明治三十八年一月からのロシアの社会不安はそれ以前に対してあきらかに劃期的段階に入っている。〉

ここには、諜報者と革命の組織者と運動者（活動家といってもいい）との関係が見事に描かれている。三者の間の潤滑油は金《かね》である。このような関係は今日でも消えていない。おそろしいことだ。アメリカのＣＩＡも日本の公安も同じような関係を組織者と運動者との間につくろうと躍起になっている。もっとも古くて基本的な手口である。明石元二郎は、任務が完了すれば東京の参謀本部に帰ればよい。そのときから、ロシアの冬の野に放たれた革命の組織者とその手足となって活動する運動者にとってほんとうの苦闘が始まる。

ロシア帝国
革命前夜のため
気が荒れています.
お金を与えないで下さい.
ズルズル
おかねって おっかね〜

第2章を書き終えるにあたって、ひとつの感慨がある。歴史・時代小説に、斬り合い殺し合いは、つきものといってもいい。読者は、戦国・江戸時代を扱った作品では、斬り合い殺し合いについて少しの恐怖も悲しみも感じない。それは面白いみものなのだ。むしろ斬り合いの刃音が聞こえず、斬殺の場面がなければ、なにか味気ないおもいにかられる。端的に言えば、人殺しの腕前の競いを期待しているのである。『荒木又右衛門』に鍵屋の辻の場面がなく、『忠臣蔵』に討ち入りがなければ、気の抜けたビールを飲まされたようなのだ。

しかし、幕末・維新物になると事情が少し違ってくる。池田屋で殺された志士・浪士に対して哀憐の情が直接湧いてくる。獄死した吉田松陰や自決した西郷隆盛に対してもかなり生々しい同情の心が動く。さらに、日露戦争の203高地で死んだ兵士たちについては、もっと切実な口惜しさが湧いてくる。「君、死に給うことなかれ」といった女《ひと》の心が直接伝わってくる。そして、「大東亜戦争」の戦死者は、われわれのすぐ近くの血縁のひとたちだ。

司馬遼太郎の『坂の上の雲』は、戦国・江戸時代・幕末・維新と、「大東亜戦争」との間に展開された明治の日露戦争までを歩んだ日本人の言動を描いている。すなわち、われわれが直接悲しんだり喜んだりする人たちの話でもない世界と、すぐ近くに死者の想い出がある世界でもない、その中間の時代、日本の近代の物語なのである。私は、1940年代から日本の現代は始まったとみている。つまり太平洋戦争開始の直前からが現代なのだ。そして、われわれにとって、日本の近代史ほど厄介な相手はないのだと思う。「近代」は、それこそ試行錯誤の年月であった。維新という日本的な革命後の約70年間に、日本人は、すべての面において諸外国の人からみつめられ試され利用されたりおそれられたり憎まれたりしていた。その間、同盟と名のつくものを結んだのは日英同盟と日独伊三国同盟だけである。第1次大戦では一時的に連合軍に参加したが、それは束《つか》の間のことであった。つまり、近代日本の国民は、70年間の大部分をたったひとりで走ったのである。

この70年間に、日本は、歴史始まって以来はじめてという多くの人命を奪い、自国の民を失った。1対1の斬り合いとか、47人の討ち入りとか、せいぜい数万の死者を出した関ヶ原や島原などを材料にしてきた戦国・近世の小説では、とても太刀打ち出来ない戦争を日本近代は国際的にやってしまった。

アジアで最初の近代国家の孤独
アジアのうらぎりもの
欧米にこびへつらい
侵略者
賠償しろ
自分だけ甘い汁を

日清戦争から日露戦争までの10年間は、近代とは何か、日本にとって近代は、いかにあるべきかの試金石となった。司馬遼太郎は、その期間を捉えた。大正・昭和でも維新開国後のおよそ30年間でもない10年間に日本人は、近代をいかに歩むかの岐路に立たされていたと、司馬はおそらく直感したことだろう。

文庫本(八)の「雨の坂」の章は、全篇の終わり近くになって特に味わいの深い章である。そのなかで作者は、秋山好古の予感と直感を紹介している。すなわち好古は「ロシアは社会主義になるだろう」と予言めかして言った。理由は、「ロシア陸軍は、国民の軍隊ではないから」というものであった。この実感は奉天の戦闘で、好古が体験して得た確信であったろう。

そして好古の内心の声を作者は次のように書く。「その軍隊(ロシアの)が外国(日本)に負けたとき人民の誇りはすこしも傷つかず、皇帝のみが傷つく。皇帝の権威が失墜し、それによって革命がおこるかもしれない、ということであるらしかった。日本の軍隊はロシアとはちがい、国軍であると、好古はよくいった。好古は生涯天皇については多くを語らなかったが、昭和期において濃厚なかたちで成立する『天皇の軍隊』という憲法上の思想は好古の時代には単に修辞的なもので、多分に国民の軍隊という考え方のほうが濃かった」。

司馬、いや秋山好古によれば、日清・日露の戦争は、国民の軍隊が戦って勝利したのである。この実感は、事実として当時あったのであろう。今となれば、そのように想像するしかない。古き良き時代とは、こういうことを言うのであろうか。いずれにしても「日清戦争」と「大諜報」と「雨の坂」における秋山好古の実感とは『坂の上の雲』を解く鍵であろうと私は思う。作者の明治に対する感情移入も、その甘さも、また意外に鋭い歴史観もここに集中的に表出されている。

ロシア皇帝・ニコライⅡ世
いいなー
うらやましーなー～

国民の軍隊

第3章 『坂の上の雲』に見る正岡子規の役割

正岡子規は慶応3(1867)年に生まれ、明治35(1902)年に36歳で死んだ。坂本竜馬よりも4歳だけ、その生涯は長かった。明治維新の前年に伊予国温泉郡藤原新町に生まれた子規は、死の9日前、9月10日に子規庵で最後の蕪村句集輪講会を開いた。腰から下が、すでに動かせず、麻痺剤も効かなかった。「病牀六尺」の連載は、死の2日前まで127回続けられた。

子規は、最近になって幾度目かのブームを迎えている。何故か。子規は、和歌と、そしてもちろん俳句からあらゆる無駄なことばを省くことに心を砕いた。子規にとって無駄とは何であったか。子規は、歌の中におのれの姿を写した。彼にとって写生とは、そういうことであった。後年、斎藤茂吉は、短歌における写生の説を論じ、写生は写実にあらずと強調した。江戸時代、浮世絵師は、生写《しょううつ》しということを言った。生《しょう》を写す。生《しょう》の中には、自然の中で、自然を受けとる人の心がいっぱいこめられている。さらに後年、戦中に中野重治は『斎藤茂吉ノオト』を書いて、茂吉の写生の説に子規の姿をみた。夏目漱石は子規の影響を強く受けた。明治・大正・昭和の文学の中に、子規の苦闘が長く強く投影している。

医師にして歌人の岡井隆《おかいたかし》は『正岡子規』(「近代日本詩人選」3、筑摩書房)に、「短歌とナショナリズム」の章を設け、「七たび歌よみに与ふる書」のなかの次のことばを引いている。

〈外国の語も用ゐよ外国に行はるゝ文学思想も取れよと申す事に就きて日本文学を破壊する者と思惟する人も有之《これあり》げに候へどもそれは既に根本に於て誤り居候。

……日本人が組織したる政府は日本政府と可申《もうすべく》候。英国の軍艦を買ひ独国の大砲を買ひそれで戦に勝ちたりとも運用したる人にして日本人ならば日本の勝と可申候。〉

子規は明治維新の前年に生まれ、日清戦争で日本が勝った7年後、また日露戦争の始まる2年前に死ぬ。日清・日露の戦間期に最期の病牀にいた子規は、イギリスの軍艦とドイツの大砲を買って行なった日清戦争でも、使った兵が日本人なら日本の勝ちだと言った。同時に、外国の語を用い外国の文学思想を使った作品や文学論でも日本人がつくったものなら日本の文学ではないかと言ったのである。しかも「歌よみに与ふる書」でこのように書いてはばからなかった。子規におけるナショナリズムとは、そういう覚悟の中で育った。これは同時に、明治特有のナショナリズムでもある。

フランス語を日本の国語に
したらどーかな？
私は日本語の名人とか
言われてるけど...
志賀直哉

正岡子規
短歌?
たんか を切っています.
夏目漱石
斎藤茂吉
写生は
写実にあらず….
中野重治
「斎藤茂吉ノオト」

岡井隆が子規論のなかにわざわざ「短歌とナショナリズム」という章を設けたのには理由がある。岡井は、たとえば子規が明治32年の神武天皇祭の日につくった「御魂祭る四月はじめの三日の日を時とかしこみ桜咲きにけり」を挙げている。また、子規の面倒を終始みてくれていた陸羯南《くがかつなん》が社主である「日本」新聞社に明治25年(日清戦争開始の2年前)に入社して文化欄の記者になったことを記している。『日本』は、明治20年代の在野のナショナリズムを代表する新聞社の新聞であった。そして、「陸《くが》の思想を一語に要約するのは、大へんむつかしいのであって、『国民主義』『開明的国粋主義』などの名が、陸を解説する人たちによって採られている呼称である」と岡井は言っている。

明治前期の自由民権運動華やかなりしころのナショナリズムを一種の理想主義というなら、明治後期ナショナリズムともいえる日清戦争後の日本主義思潮について、たとえば丸山真男は「むしろ素朴唯物論的であって、個人的にも国家的にも感覚的な衝動の解放という要素が相当露骨に表面化している」(『明治国家の思想』)と述べていると岡井は紹介する。

明治25年に新聞『日本』に入社した子規は、27年には竹の里人の名で和歌を発表しはじめ(28歳)、翌年、日清戦争に新聞記者として従軍しようとした。『日本』

の社主陸羯南に何度も従軍を頼み込み、その都度、そのからだでは無理だと断られながら、ついに許可され、喜び勇んで海を渡って上陸したときは、すでに日清戦争は日本の勝利で終わっていた。何もすることなく帰路に着いた子規は船中でひどい喀血をし続け、半死半生で故郷へ、いったん辿り就いた。

従軍を懇請する子規、許されたときの喜びよう、そして帰路の病苦のすさまじさについて司馬遼太郎は、『坂の上の雲』文庫本(二)の「根岸」や「須磨の灯」の章で詳しく書いている。これが子規かとうたがわれるほどに稚拙な句「進め進め角《つの》一声月上《のぼ》りけり」「砲やんで月腥《なまぐさ》し山の上」などを司馬は紹介する。そして司馬は言う。

〈詩人の思想は、一国の社会の成熟の度合と緊密なかかわりがある。子規は同時代のフランスにうまれていればまったくべつな詩人になったであろうし、昭和のいつのころかに成人させておれば、国家のなかにおけるかれの思想はもっとちがった成熟をとげていたにちがいない。が、子規は明治二十年代という、そういう時代にいる。国家という、このきわめてロマンティックなものに対し、あくまでもかれは一枚張りのロマンティストであった。日本人そのものがそういう国民感情のなかにいた。〉

司馬が使った「成熟」とか「ロマンティスト」とか「国民感情」ということばの解釈はこの際あまり意味がなかろう。あの時分は、そういう時代だったんだよ、国民がみんなそうだったのだ、ネ、わかるだろう、わかってくれよ、といわれれば返すことばもないのである。

しかしこのような「無邪気な昂奮に心おどらせる」駄句をつくる一方で子規は、蕪村の「五月雨《さみだれ》や大河を前に家二軒」という秀句にとりつかれていた。日清戦争開始の頃、無邪気な国民感情を代弁するような駄句をひねる一方で、子規は、120年前「貧窮のうちに死んだこの天明《てんめい》の俳人の再評価に熱中していた」。

司馬は、子規におけるこの二重性、国民意識のなかに文学を解消させず、世界文学の中に日本文学総体を問い直そうとする根性について淡々と綴ってゆく。この根性は、しかし同時に幕末・維新の志士の心にも比すべき、新しいナショナリズムでもあった。これが『坂の上の雲』の面白さである。一方で時勢にひきずられ時流に乗り、ひとかどの軍人となり、やがて陸海両軍の至宝となる、秋山兄弟も他方では、いつもあし(おれ)はこれでいいのか、このまま進んでいいのかと思い、故郷の伊予の暖かい空気を恋い、子規の身の上を始終案じている。日本人が、いやどこの国の民もが持っているこの二重のロマンティシズムを、ずっと奏《かな》で続ける司馬の明治大河ドラマは、意外に明治20〜30年代を今の世によみがえらせているのではないか。

「子規は、戦争にも昂奮していながらも蕪村にも昂奮していた」、これである。写生の重要性も、この頃に発見されたという。それはちょうど日清戦争の最中であった。

だが、子規はうつぼつとしている。日清戦争は、日本が外国と戦争をやる、しかも大国とやる最初の戦争であり、「国家と民族」がやっているというおもいが、国民のなかに万遍なく浸透したはじめての戦争であった。司馬は「根岸」というのどかな(根岸の里の侘住居!)ひっそりとした名の章のなかで次のように書く。

〈日本人というのは明治以前には「国民」であったことはなく、国家という観念をほとんどもつことなくすごしてきた。かれらは村落か藩かせいぜい分国の住民であったが、維新によってはじめてヨーロッパの概念における「国家」というひどくモダンなものをもったのである。〉

国家コーラ
国家スパニエル犬

高野長英らの蛮社の獄に連座して切腹した渡辺崋山は、維新のほんの少し前に、世界の事情を知るべし、異国の人と交われと主張しただけで悲劇的な最期をとげた。崋山は一藩を背負う家老であり、また優れた蘭学者そして天才的な絵かきであった。しかし幕末に人間としての可能性を圧殺された。それが維新で一気に開国して、わずか30年足らずでアジア一の大国と戦争をした。戦端をひらくのさえ未曾有《みぞう》のことなのに、まして勝利した。「国民」の昂奮は当然である。それが実情であり、司馬もその現実から書くしかなかった。

大国と戦争をして勝つということがどんなことか、今日のわれわれは、もはや絶対に経験出来ないであろうし、またしてはならないことである。このことの絶

対性が、まだ充分にはわかっていない。つまり、日清・日露の両戦争と「大東亜戦争」とは、二度とふたたびわれわれ日本国民には味わえない経験なのである。そのことにいちまつのわびしさを感じざるをえない日本人が『坂の上の雲』を読んでいるともいえる。つまり『坂の上の雲』一篇は、過去の可能性と未来の限界性のあいだで漂っている、今日のわれわれの心境を微妙に反映した作品といえよう。

子規は、そういう意味では、日本人の一人として幸福な絶頂期に生きていて、しかも“病牀六尺”の間《ま》から動くことがままならぬ状態であった。「真之も好古も俳句仲間も記者仲間も戦地へゆく」。淋しがり屋で、だれよりも仲間好きな男、子規は、「あしもいくさにゆきたい」と、毎日のように母親のお八重にねだった。そのお八重は、上根岸の子規の住居にいた。三畳の茶の間である。妹のお律はその左の四畳半にいた。玄関の奥が八畳で客間になっている。そして客間の左が六畳で、ここが子規の居間兼書斎、つまり“病牀六尺”である。

子規は母親と妹と同居していた。30を越した男の世話をひたすら2人の女が看《み》ている。少年のようなところのある子規は、従軍が許されたことをまっさきに母親のお八重に報告し、母は「まあまあ」と、笑顔をつくって自らの子に対する不安を一応は、かくしたという。子規は友人に「生来、稀有《けう》の快事に候」と手紙を出した。「この当時の日本のふしぎさは、このように無邪気な文学者をもっていたことであった」と司馬は書く。

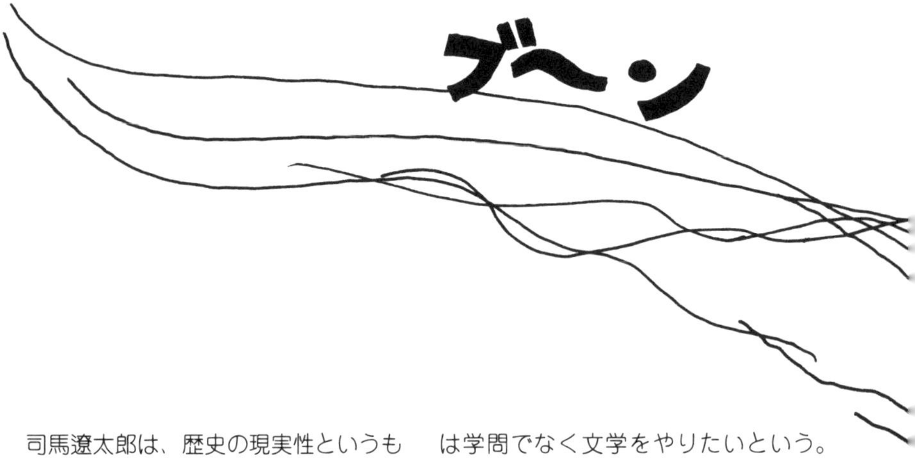

司馬遼太郎は、歴史の現実性というものについて、あくまでも忠実に描こうとする意図と意味を、子規に托して明かそうとしている。

子規が宇品《うじな》港を船で出発したときには、すでに講和談判が始まっていた。いわば新戦場の見学旅行のような“従軍”はひと月あまりで終わり、船上の甲板で彼は血を吐いた。子規は、「須磨の灯《ひ》が明石《あかし》のともし時鳥《ほととぎす》」という句を血とともに吐いた。まさに子規は、泣いて血を吐くほととぎすであった。「むりだったのだ」と、さすがに従軍を後悔した子規は、あと２、３年しかない命《いのち》を悟った。京都にいた高浜虚子《たかはまきよし》は、神戸で入院していた子規を迎えに来た。「虚子の、子規に対する献身的な看病はこのときからはじまる」と作者は書く。やがて、母親のお八重が河東碧梧桐《かわひがしへきごとう》にともなわれてやってきた。虚子と碧梧桐は、ともに伊予松山の出であり、同時に子規の弟子である。子規を慕う２人は、同郷の友であり弟子であり、同時に看護人であった。さらに、子規の大学時代からの友人である夏目漱石は松山中学の英語教師をしていて、そのときの経験が『坊っちゃん』を生んだ。子規は学問を嫌う虚子にあくまでも俳論の勉強をやらせようとする。しかし虚子は学問でなく文学をやりたいという。「古俳句研究と、俳句に文芸のいのちを吹きこんでゆく俳論の確立」、これが子規のやりとおしたいものだが、彼は中途で死ぬかもしれない。「おまえを後継者にしたい」と、子規は、迷惑がる虚子を口説いた。学問と文学。どこがどう違うのか。これも明治時代の謎のひとつである。

明治は、江戸時代から地続きであった。文学も例外ではない。だが、いっせいに西欧の文学が入ってきた。ギリシャ・ローマ時代から中世・近代の文学が一度に入ってきたのである。シェイクスピアもミルトンもプーシキンやトルストイもいっしょくたに入ってきて、翻訳物の洪水に見舞われた。外国文学の訳は日本語そのものに革命をもたらした。同時に江戸時代以前の、中世・平安朝までの文学が見直されるようになった。大変な混乱の中で文学とは何かの根本が問われ、「私の個人主義」(漱石)のような深刻な当世に対する反省が行われた。そんななかで、子規は芭蕉の「五月雨をあつめて早し最上川」よりも蕪村の「五月雨や大河を前に家二軒」のほうがすぐれていることを発見した。それは文字どおり発見であった。

こんどは「墜落園」が書けるかな?
トルストイ 1828〜1910 ロシア 「戦争と平和」など
きびしきときの世に 自由をたたえ 倒れし者へ 情を呼びかけしゆえ……
プーシキン 1799〜1837 ロシア
ミルトン 1608〜74 イギリス詩人 「失楽園」ほか
シェイクスピア 1564〜1616 「ハムレット」とか
ガク
五月雨や 大河を前に 家二軒 (蕪村)

日清戦争への従軍の望みは、一応達せられたが、それは同時に、子規みずからが命の限界を知る無惨な結末に終わった。

そんな頃、秋山真之海軍大尉は遣米留学生としてワシントンへ行くことになった。出発の前、真之は子規庵にたち寄った。その光景を引用する。たしかに名文である。

〈「……まあ」と、お律は、目をみはったまましばらくだまった。奥から、咳がきこえた。客ずきの子規が、玄関の客はたれかとおもって耳を澄ましているのであろう、そういう様子が真之にも感ぜられ「わるいですか」。病状が、という意味である。〉

子規は最近、手術をした。恥も外聞もなく狂声をあげるほど、その穴が痛いと子規は言う。だが四六時中ではない。そんなとき、俳句をつくったり、文章を書いたり、絵を描いたりする。柿の絵だ。高浜清(虚子)が先日やってきて、馬の肛門みたようじゃ、と言ったという。升《のぼる》さんが主唱してきた新俳句の噂を海軍の水交社の事務員で知っている者がいた、と真之は話す。やがて子規は熱が出てきたのか、「あしはもうねむるぞな」と言った。真之は、ふとんのすそのほうをたたいてやる。

送別の句は、「暑い日は思ひ出《いだ》せよふじの山」である。ただしこれは真之が巡洋艦に乗ってイギリスに派遣された折(明治26年)の句である。子規は、のちに真之が渡米してから新聞『日本』に一句を載せた。それは……

君を送りて思ふことあり蚊帳《かや》に泣く

であった。真之の渡英は日清戦争の準備のためのものであり、今回の渡米は日露戦争をはるかに想定した「戦略と戦術の研究」のためであった。

子規は、真之が着々と発展してゆくのを見ていた。真之たちの発展は、日本国家の発展、日本国民の夢がふくらんでゆくのと軌を一にしていた。そのように子規にはみえた。俳句の革新、古句の発掘・研究を、一見縁のないように思える水交社のひとも知っていることを真之に聞かされ、子規は、わずかに慰められた。熱が出てきて横になるふとんのすそをそっとたたいてくれる真之は、アメリカへ行ってしまう。君を送りて……蚊帳に泣く、である。その間に置いた「思ふことあり」とは何か。真之は、「しばらくこの句があたまにこびりついて離れなかった。思ふことありとはなんであろう」(自分の身にちがいない)と作者は忖度《そんたく》した。

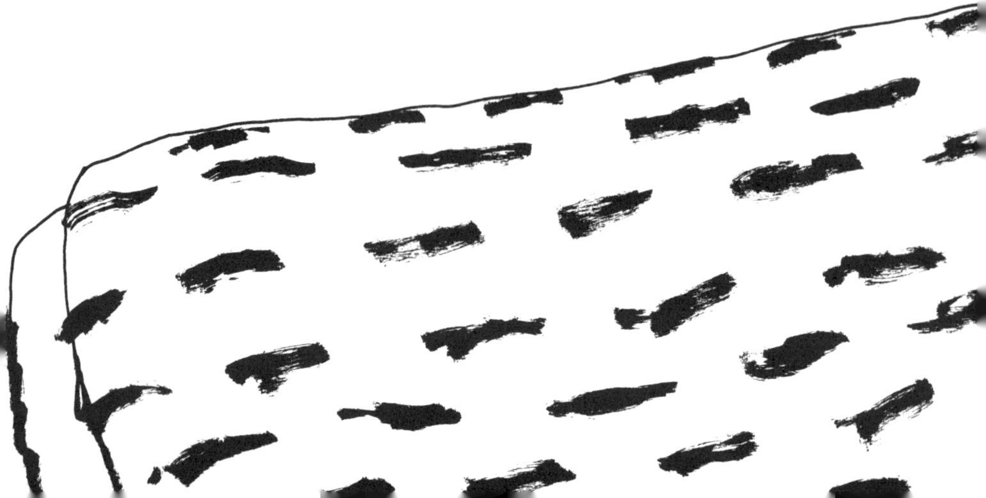

思ふことあり
蚊帳に泣く
ちくしょ〜

子規（升《のぼる》さん）ほど自分の才能に対して自負心のつよい男はいないということを真之は知っていた。文学の道も、政治家でさえ、自分は適材だと子規はおもっていた。それが新聞記者になった。それも陸《くが》社長のような政治記者ではなく文芸欄の担当記者で、これを読む者はあまりいない。その実務までを病気は、とりあげた。

あの自負心のつよい男は、真之のはなやかさをおもうにつけ、おそらくあの日、自分が去ったあと、蚊帳に泣いたのかもしれないと真之はおもった。

以上のことは、文庫本㈡の「渡米」の章にある。まだ、大長篇は始まったばかりである。「まだ三十というのに人生がすぼまる一方であった」子規を、作者は追い続ける。時代は、夢のようにひろがり明るくなってゆく。反比例のように子規の肉体は暗く、病んでいく。

日本の歴史に登場する人物に欠けているのは友情である。上下の忠節の真心はあるが横のフレンドシップは希薄のようだと司馬が言っていることを、私は前にも書いた（『司馬遼太郎と丸山真男』（現代書館）。明治になって、藩という「国」の境を超えた友情というか同志愛が徐々に芽生えた。だが、やがて国民という自覚が、この友情をかえって拡散させた。それは愛国心の連帯となったが、空虚化して1945年の敗戦までゆく。そんななかで、同郷の士とか、俳人仲間の友情は一種の愛情となって逆に深まっていった。この人間の「情」は、国家が国際化すればするほど、かえって強くなったと思う。これは明治の人たちの特質でもあった。いまの日本人には、愛国とかわが祖国という感情がきわめて薄い。これが、真の国際人となるのをかえって阻んでいる。

『坂の上の雲』を読んでいくと、そんな感慨が湧いてくる。

蚊帳に泣いた男、正岡子規は、明治35年９月19日の午前１時に死んだ。彼は日露戦争に間にあわなかった。日清戦争にあれほど従軍したがった男が、それより何十倍も大きく輝かしい戦争にたった２年の差で出あえずに死んだ。しかもこの男は、およそ百年後の今日でも高く評価されている。そのような惜別の念を仕掛けながら、秋山兄弟の晴れの舞台の近づく歴史の足音をひたひたと聞かせる作者の工夫は並たいていのものではない。

子規の臨終に虚子は、枕頭にいた。彼は、近所にいる碧梧桐や寒川鼠骨《さむかわそこつ》を呼びに行った。

〈そとに出ると、十七夜の月が、子規の生前も死後もかわりなくかがやいている。〉（文庫本㈢「十七夜」の章）

作者は万感をこめてこの一行を書く。十五夜、十六夜《いざよい》の晩も子規はまだ生きていた。翌日の夜、蚊帳の中の子規は呼吸をしなくなった。作者は書く。

〈子規は、無宗教である。多少禅には耳をかたむけたことはあるが、そういうもののたすけを借りなくても自分自身を始末できるということを、ごく自然におもっていた。しかしながら自然な男だから、僧侶の読経はこばまない。僧侶は何宗でもいい。しかし柩《ひつぎ》の前で、弔辞をよみあげたり、故人の経歴をよみあげたりすることはこれまた「無用に候」であった。〉

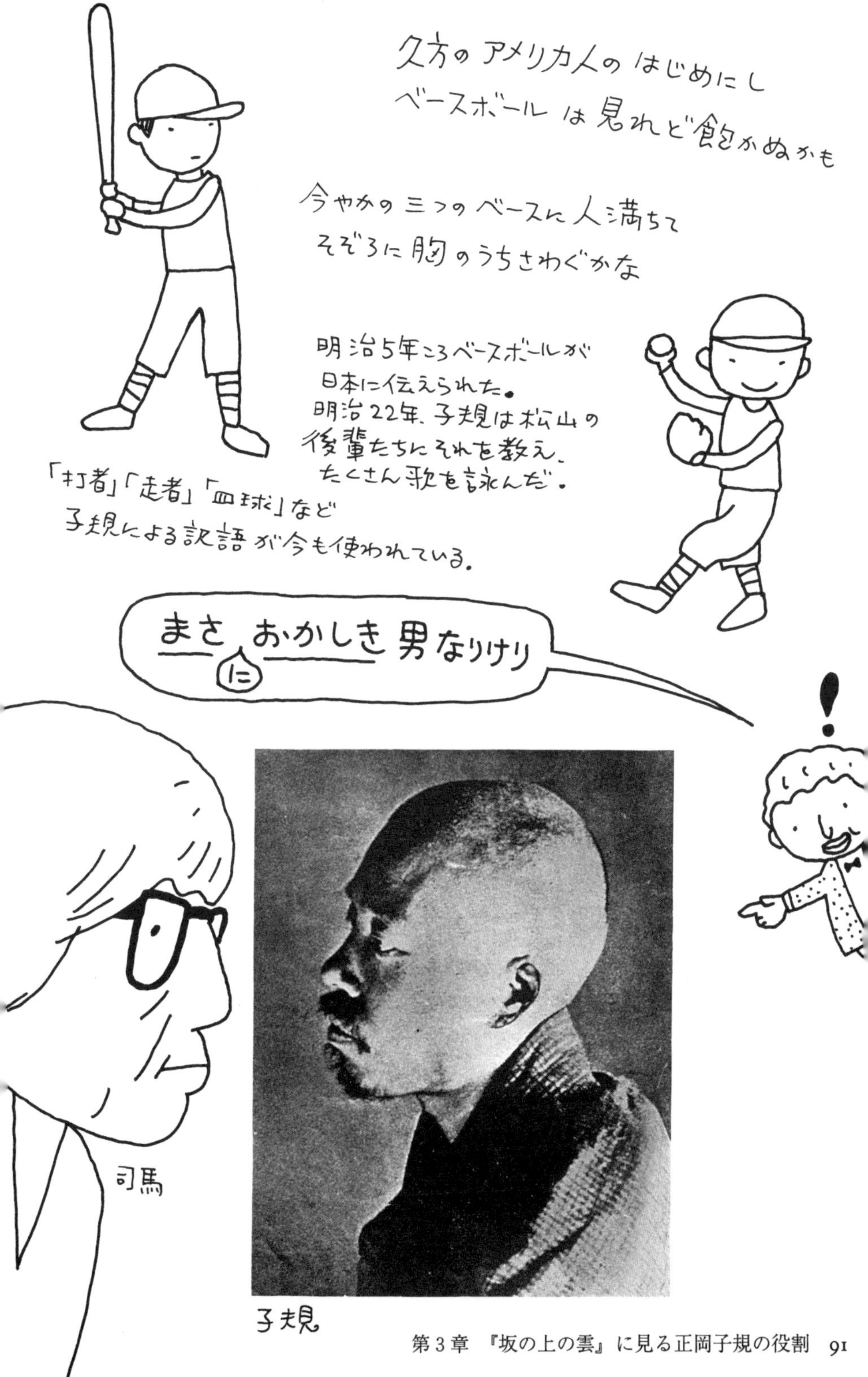
久方のアメリカ人のはじめにし
ベースボールは見れど飽かぬかも
今やかの三つのベースに人満ちて
そぞろに胸のうちさわぐかな
明治5年ころベースボールが
日本に伝えられた。
明治22年、子規は松山の
後輩たちにそれを教え、
たくさん歌を詠んだ。
「打者」「走者」「四球」など
子規による訳語が今も使われている。
まさにおかしき男なりけり
!
司馬
子規

葬式のための広告、弔辞、経歴の紹介、戒名、これら一切、子規は「無用に候」といいおいて死んだ。子規はなにも力みかえってこう言っていたのではない。何事も実用的で自然であった。「平かでごく普通な、さりげない常識性の世界に美を見出そうとした人物」、それが子規であった。路地奥の上根岸のせまい家に、子規が予想した会葬者は20〜30人が限度とみていたが、150人もきた。

新聞『日本』に「新俳壇の巨星正岡子規」と、ゴチックで組まれた活字に黒線がひかれていた。子規の死の翌日の号にそれは出た。

真之は、その号を見て、「死んだか」と思い、この男にしてはめずらしくぼう然としていた。

〈真之は、すこし遅れた（葬列に）。……すぐ柩のそばへ寄った。柩をにらみつけるように見ていたが、やがてぺこりと頭をさげた。そのまま立っている。〉

司馬は、子規の死についてこのように書き、「十七夜」の次の章に「権兵衛のこと」と題をつけた。言うまでもなく、日露の会戦を前にして日本の海軍強化を企画し推進した立て役者山本権兵衛《ごんのひょうえ》のことである。しかし作者は、いきなり山本権兵衛に入っていかなかった。前の章「十七夜」は他の章に比べて、いかにも短い。それほど子規の死は、あっけなかった。子規の死そのものはあっけなく、真之がただ一言「死んだか」と言ったとおり必然の結末だった。しかし子規の生涯は実質的に長かった。彼は36年間、一瞬も休まず勉強し書き続け、仲間とつきあい、天下のことを知ろうとして生きていた。その密度は、おそるべきものといえる。十七夜の月は十五・十六夜の月より涼しく悲し気である。司馬も、子規が死んだからといって急には立ち去りがたかったようだ。そこで、「権兵衛のこと」の冒頭に次のように書いた。

〈この小説をどう書こうかということを、まだ悩んでいる。子規は死んだ。好古と真之は、やがては日露戦争のなかに入ってゆくであろう。できることならかれらをたえず軸にしながら日露戦争そのものをえがいてゆきたいが、しかし対象は漠然として大きく、そういうものを十分にとらえることができるほど、小説というものは便利なものではない。〉

この小説を
どう書こうかと
悩んでいる。
文庫本で約780ページも
書いて今さら…

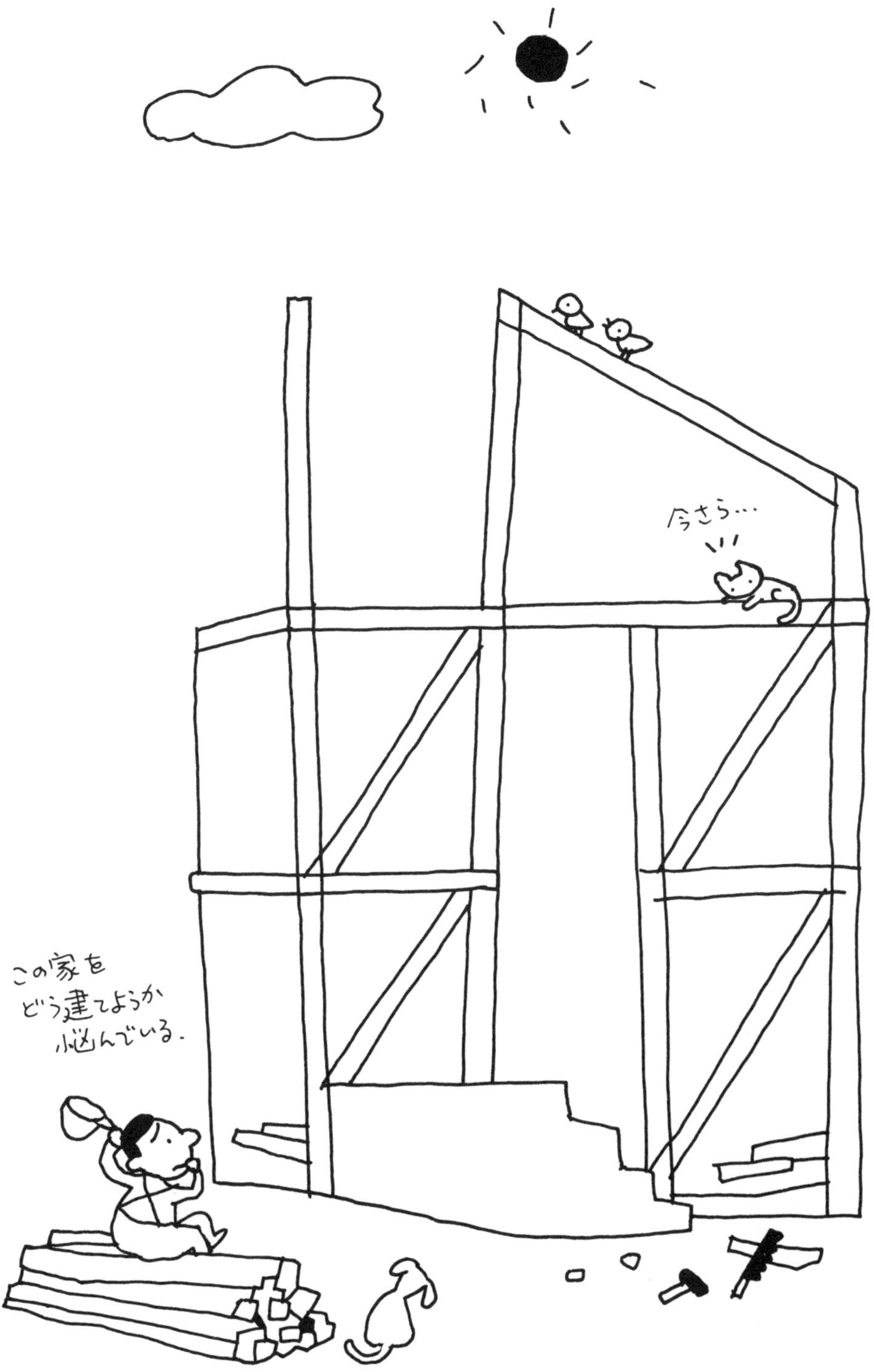
今さら…
この家を
どう建てようか
悩んでいる。

小説の途中で、こんなふうに書くひとは珍しい。しかし、こう書かれると、日露戦争にかかわった日本国中の、そしてロシア領内の、さらに世界中の人間を視野に入れようとする作者の企図がわかってくる。明石元二郎もニコライ２世も、また正岡子規もそのうちの一人である。国籍も民族も役割も全く違う人間が総がかりで日露戦争を生きていた。戦争への関わりというものは、戦争に無関心無関係でいようとする人間も、戦争に反対する者、生命まで賭けて夢中になる者、すべてを否応なく巻き込むのである。

子規が死んで、当分のあいだ子規について作者は語ることをしなかった。当然である。日本は朝野をあげて日露開戦の準備に忙殺されている。だが、戦争は大きくても小さくてもどちらかが勝ってしまえば終わり、あっけないものである。乃木は、「武士道の最後の信奉者」であったが、「近代国家の将軍として必要な軍事知識や国際的な情報感覚」にいかに乏しかったかという結末が立証された。乃木の持つ人格的迫力のみが後世の日本人の眼に残っただけである。しかし、そのような乃木将軍のイメージは歴史のなかで必要であった。ひとそれぞれ史上の役割はあるということだ。

秋山好古は、日露戦争の陸戦で第一等の活躍をして奉天会戦で日本を勝利へ導いた。しかし彼は陸軍大将で退役したあと、故郷の松山にもどり、私立の中学の校長を６年間つとめ、昭和５年71歳で病没した。好古は、「もうあしはすることはした。逝《い》ってもええのじゃ」といったという。知己たちは「最後の武士が死んだ」と言った。秋山好古の死んだ年に私は生まれた。かくいう私は今年（平成13

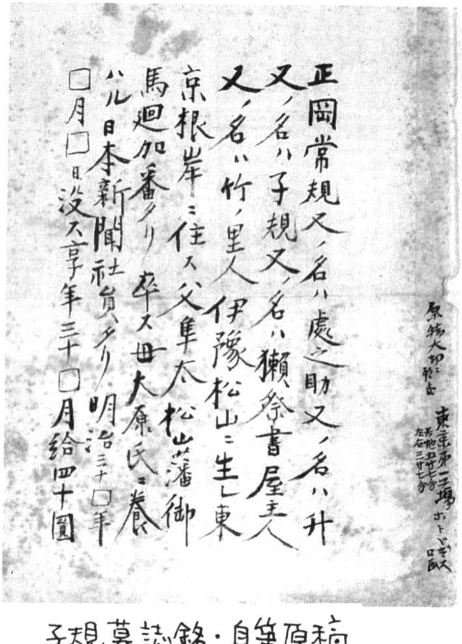
正岡常規又ノ名ハ處之助又ノ名ハ升
又ノ名ハ子規又ノ名ハ獺祭書屋主人
又ノ名ハ竹ノ里人伊豫松山ニ生レ東
京根岸ニ住ス父隼太松山藩御
馬廻加番タリ卒ス母大原氏ニ養
ハル日本新聞社員タリ明治三十□年
□月□日没ス享年三十□月給四十圓

子規墓誌銘・自筆原稿

年）71歳である。平仄《ひょうそく》があいすぎてなにか薄気味悪い。

一方、秋山真之は、3年前に死んだ子規の庵のある根岸を訪れた。連合艦隊が横浜沖で凱旋の観艦式をおこなった翌々日（10月25日）のことである。

〈子規の家の前までくると、真之の身動きが急ににぶった。この一間幅の道からすぐ玄関の格子戸《こうしど》がみえる。家のなかに人の気配がした。母親の八重か、妹の律か、どちらかであろう。〉

病牀の子規と母と妹がひっそり暮らしていたが、子規が欠けた。真之は、ついに立ち寄らず、子規の菩提寺である田端の大竜寺まで3キロの道を歩いて行った。あまりにも有名な子規が生前に書いた墓誌を記させてもらう。

〈「正岡常規《つねのり》又ノ名ハ処之助又ノ名ハ升《のぼる》又ノ名ハ子規又ノ名ハ獺祭《だっさい》書屋主人又ノ名ハ竹ノ里人伊予松山ニ生レ東京根岸ニ住ス父隼太《はやた》松山藩御馬廻加番タリ卒ス母大原氏ニ養ハル日本新聞社員タリ明治三十□年□月□日没ス享年三十□月給四十円」〉

真之はこの墓誌を暗誦していた。俳句、短歌のことは一字も触れていない。

真之は、大正7年2月4日、51歳で没した。彼の後半生は幸福でなかった。秋山兄弟は、日清・日露の戦争で全能力を使い切った。兄は昭和、弟は大正まで生きたが、2人とも明治の子であった。子規は文字通り明治だけを生きた。しかし子規は平成の今日まで何かというと想い出される。

子規・絶筆三句

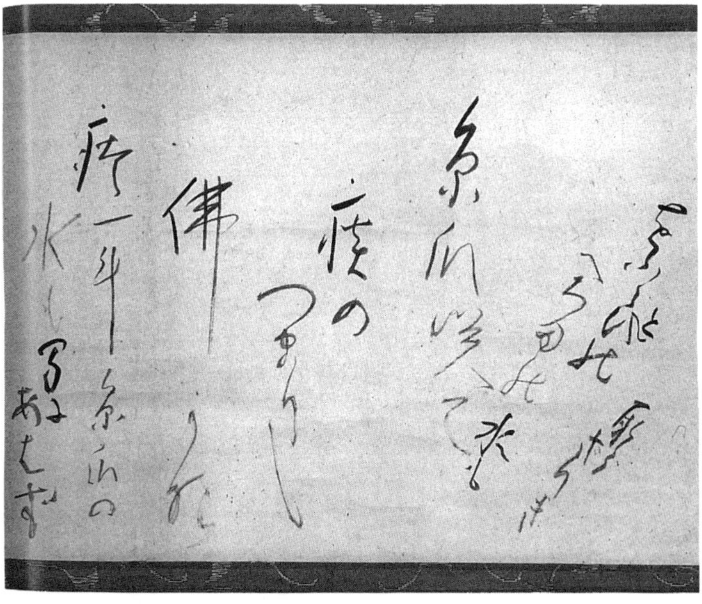

糸瓜咲て痰のつまりし仏かな
痰一斗糸瓜の水も間にあはず
をととひのへちまの水も取らざりき

文庫本(八)にあつめられた「あとがき」集の(5)は、子規と徳冨蘆花のことである。そこで「子規はごくふつうの人であった」と司馬は言う。司馬は、また、子規と蘆花の共通点は、かれらのものが読まれないということと、戦後、文学全集は多く出され、種切れの観さえあるが、この2人の全集だけは出ていないということだ、と述べている。後世のひとに読まれないというのはともかくとして、全集については、ちょっと注釈をしておく。子規の全集は、戦前に2回、戦後に1回、そして最近また刊行が広告されている。戦前の全集は大正13年6月から15年11月にかけて全15巻がアルス出版から出、次に、昭和6年11月から9年2月にかけて全5巻が改造社から出た。そして戦後になって昭和50年4月から全25巻が講談社から出始めた。さらに、平成13年10月から『子規選集』全15巻が増進会出版社から刊行され始めた。司馬があとがき(5)を書いたのは昭和47年5月であるから、当然、全集刊行開始の前であった。

次に、「読まれてない」だが、今日あらためて読んでみると子規の文章には、日録、講義録、研究の類いが圧倒的に多い。ひとは小説の面白さを期待し、歌や句においては、これをつくったひとの感

傷や自己表現がいかに表出されているかに興味を湧かし、また、そのような短詩形文学作品の牧水や啄木や茂吉や赤彦などの個人集をみたいと思う。子規には、そのような期待・願望に応えるものが少ない。子規の作品では無数の古い歌や句が例示される。読む者は、その数の多さに圧倒され、子規の解釈と批判にたじろぐ。つまり子規が教えようと勢いこむ情熱に困惑するのである。虚子に学問をせよと言った子規の半ば強制的熱意がおもい出される。啄木や晶子や牧水の詩歌になじむ人々は子規のあまりに圧倒的な主張と研究に驚く。しかし、今日からみても、子規の作品ほど、句作をし歌を詠むひとに役立つものはないはずである。司馬遼太郎も、大いに苦労して子規を描いた。

「歌も俳句も、彼にとっては、自我表現の手段ではなく、まして悲しき玩具ではなかった」と寺田透も言っている（筑摩書房版「明治文学全集」第53巻『正岡子規』の巻末論稿より）

司馬は子規に同情し同感して言う。

〈……その若い晩年において死期をさとりつつもその残されたみじかい時間のあいだに自分のやるべき仕事の量の多さだけを苦にし、悲しんだ。客観的にはこれほど不幸な材料を多く背負いこんだ男もすくなかったろうが、しかしこの男の楽天主義は自分を不幸であるとはどうしても思えないようであった。明治というこのオプティミズムの時代にもっとも適合した資質をもっていたのは子規であったかもしれない。〉

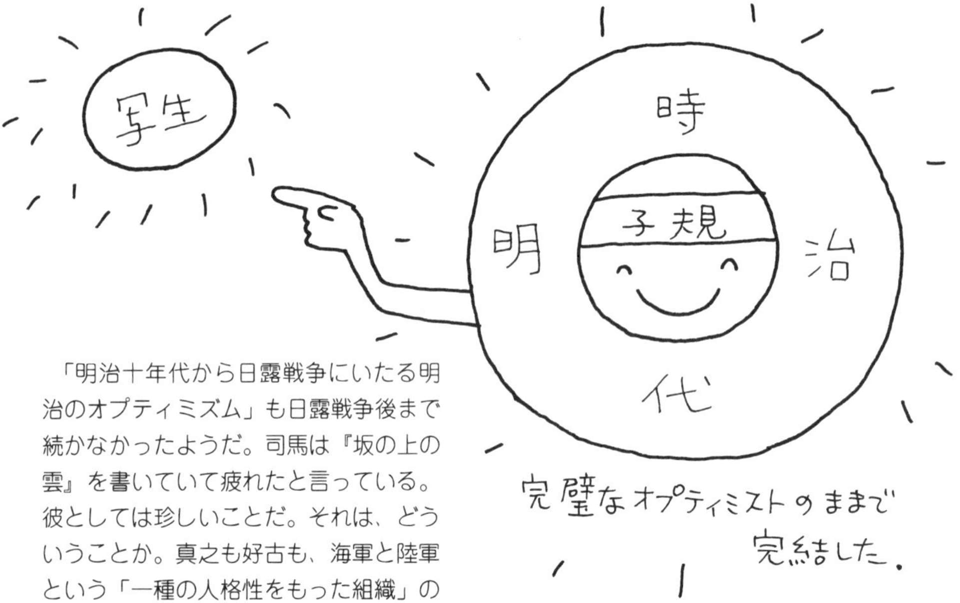
写生
時
明
子規
治
代
完璧なオプティミストのままで
完結した。

「明治十年代から日露戦争にいたる明治のオプティミズム」も日露戦争後まで続かなかったようだ。司馬は『坂の上の雲』を書いていて疲れたと言っている。彼としては珍しいことだ。それは、どういうことか。真之も好古も、海軍と陸軍という「一種の人格性をもった組織」のなかに入ってしまってからは小さな粒子にすぎなくなる。つまり、日本人が全体として持っていた理想が分業化されたのである。組織の中へはめ込まれた人間を、巨大な円環のなかへ復活させたのが日露戦争であった。その大戦争に勝ってしまってからは、人々は再び、というより前よりずっとバラバラになってそれぞれ個人の理想を求めるようになった。この点について杉浦民平は、「正岡子規が文学的活動に着手する明治二十年代の後葉はすでに明治維新におけるブルジョア革命の成果がそれぞれの階級に分配され終えて、日本がもっぱらその決定した道を前に進むのを見た」と述べている（前掲『正岡子規』より）。

子規は、実によい時機に死ねたというべきかもしれない。彼は、身心いっぱい充実し切って死んだ。そのタネは数多の俳人仲間、歌壇の弟子たちへ分配され、大正期にかけて実を結んでゆく。

司馬遼太郎は、子規をそういう歴史の位置から捉えたかったに違いない。真之と好古は、むしろ子規をうらやんでいたのかもしれない。子規は『坂の上の雲』の土台を支えていた。子規庵は、カワウソが漁《と》ってきたサカナを部屋いっぱいにまきちらしてお祭りをするように、子規は、書物と仲間に埋もれ、片づけようとしなかった。魚臭は部屋いっぱいにこもったが、子規（カワウソ）は平然としながら大なる病苦を抱えて、のたうちまわっていたのである。『獺祭《だっさい》書屋俳句帖抄』などをみると、子規は実に多くの句をあとからあとからつくっていたことがわかる。

　猫に紙袋《かんぶくろ》をかぶせたる畫に
何笑ふ声ぞ夜長の台所
　冬
ぽっかりと日のあたりける霜の塔
　三河島
茶の花や庭にもあらず野にもあらず
　須磨
うつくしき海月《くらげ》浮きたる春の海
　病中
しぐるゝや腰湯ぬるみて雁の声

これらは、私が勝手に選んだ句である。選んだというよりは、並んでいる数多の句からふと目についた、いや指にさわった句である。

「竹の里歌」のなかに、「柿の実のあまきもありぬ柿の実のしぶきもありぬしぶきぞうまき」という歌があって、実に面白いと思う。子規は自然のなかの身近なもののなかに、おのれの切々たるおもいを閉じ込めて手放さない。

「歌道に暗い」私などにも、そのくらいのことは想像できる。安心してみられるもののなかに油断のならない気配があって、それを突きとめてみると子規そのひとに行き当たって、離れられなくなる。子規は、そんなうたよみであった。

文庫本(八)の「あとがき」集の次に「付・首山堡と落合」があって、冒頭の何行かに司馬は『坂の上の雲』は、ぼう大な事実関係の累積のなかで書かねばならなかったと、正直な苦渋を述べている。事実というものは、作家にとって作者が作品で到達しようとする真実の刺戟剤であるにすぎぬ筈なのに、この作品にかぎってそうはいかなかった。事実関係に誤りがあればどうにもならず、泥沼に足をとられてしまう。出来上がってから気付いたミスの例を司馬は語っている。これだけの大長篇に一つや二つのミス、つまりウソがあっても別にどうということはなかろうと思うのだが、この素材にかぎってそうはいかないというのである。断っておくが、ミスとウソとは違う。ウソは小説では許されるがミスは、どうもまずい。だが『坂の上の雲』になるとミスもウソも許されなくなる、と司馬は言う。彼だって入念に調べたはずだ。特に戦場の描写、兵の動き、司令部と前線とのやりとりなどは、一つ一つ、多くの人間の命がかかっているからミスはまずい。これが戦国時代ならミスもウソの中にかくれてしまうが、日露戦争となるとそうはいかないのである。おそらく司馬は、気の遠くなるようなぼう大な資料、公刊未公刊を問わぬものを含めて調べに調べた挙句に創作にとりかかったのであろう。

そういう事実関係の中に、一人一人の将軍や参謀や兵士や司令官や、また敵(ロシア)の側のそれらすべての人の心境の変化、心理の動きが描かれ、作者が判断のミスを何故おかしたのかに関わる当事者の資質、性格、気まぐれ、偶然と必然とがからまりあってくる。予めたてた作戦がほとんど役に立たないのが戦場の戦争というものだということを司馬は繰り返し書いている。司令部と前線、さらに参謀本部と現地の司令部の意志の疎通がうまくいかないことのほうが多いとも作者は随所で指摘している。

戦場に混乱はつきものだ。突発的な動

きに常に即応しなければならない。判断のミスが多大な犠牲を生む。ミスにミスを重ねながら、しかし最後に勝利をおさめるのが戦場の戦争というものかもしれない。

このような戦争のなかでも、日露戦争は、20世紀になってから最初で最大の世界的規模の戦争であった。これをミスなしで描くにはそれ相応の覚悟が、作者には求められていた。司馬は、その困難に正面からぶつかっていった。

「これほど楽天的な時代はない」と司馬は「あとがき」(1)で書いた。「あとがき」(3)では、「明治は、日本人のなかに能力主義が復活した時代」と性格づけた。「あとがき」(5)に至って、司馬は、もうほかに書くことがないと言って、子規と徳冨蘆花のことを書いた。そこで司馬は子規がごくふつうの人であったと前述のように強調し、子規のあかるさについて語った。そのあかるさとは何であったか。

〈かれ(子規)は開明期をむかえて上昇しつつある国家を信じ、らくらくと肯定し、自分の壮気をそういう時代気分の上にのせ、時代の気分とともに壮気がふくらんでゆくことにすこしの滑稽感もいだかず、その若い晩年において……〉(このあとのくだりは、すでに前に紹介した)。

すなわち、何べんも言うように、時代と個人の性格と、そのひとの希望と仕事が、みんな合致した稀有な例として子規が居《い》る。しかも、時代の移行に自分を適合させねばならぬほどには、子規は長く生きなくてすんだ。『最後の将軍』とは大違いである。章の終わりに、子規について、「ふるくから関心があった」「小説にかくつもりはなかった」「調べるにつれて妙な気持になった」「かれら(秋山兄弟と子規の3人)がいなければいないで、この時代の他の平均的時代人がその席をうずめていたにちがいない」という作者のことばを書きそえておく。

第4章　日露戦争とは何か
——明治っ子、秋山兄弟の坂道

「たえずあたまにおいているばく然とした主題は日本人とはなにかということであり、それも、この作品の登場人物たちがおかれている条件下で考えてみたかったのである」

司馬遼太郎は「あとがき」(1)でこのように『坂の上の雲』の主題と、その方法を打ち明けた。

では、登場人物たちがおかれている条件下とは、どんなものか。それは、「国家」が明治維新でようやく誕生したという歴史の奇蹟であり、はからずも「国民」になった日本人たちが、日本史上の最初の体験者としてその新鮮さに昂揚した、という現実である。明治の人は幸福で希望に満ちていたという歴史の軌道が敷かれていた。司馬は、「このいたいたしいばかりの昂揚がわからなければ、この段階の歴史はわからない」とまで言う。社会のどういう階層のどんな家の子でも、博士にも官吏にも軍人にも教師にもなれた時代であった。こんな国家の開明を、「よほどの思想家、知識人もうたがいはしなかった」。疑う者は、新政府によほどの恨みを持つ旧幕臣か、それでなければ、ずっと後世の知識人、学者である、と司馬は言外に言わんとしている。日本史上類のない幸福な楽天家たちの物語、「前をのみ見つめながらあるく。のぼってゆく坂の上の青い天にもし一朶《いちだ》の白い雲がかがやいているとすれば、それのみをみつめて坂をのぼってゆくであろう」それがこの小説なのですと、こうまで言われれば、もはや文句のつけようがない。この名文句は何度みても気分がよくなる。しかし同時に、このことばのなかには一種の詐術がかくされている。虚実皮膜の面白さといえる。しかしこれでは、この小説の良き読者もまた、幸福な楽天家ということになりはしないか!?　それでよしとする読者が、1970～90年代の特に経済の熱気に囲まれた人々にたくさんいたのである。

この章では、司馬というひとが彼の他の小説づくりではちょっとみられないくらい、あえていえば例外的に時代に惚れ込み、いささか気持ちがめでたくなっている理由を探りたい。つまり、司馬自身が時代の坂をのぼりつめていた。そうして、たしかに司馬自身の明治に対する感情移入は烈しいようにみえる。しかし細かい部分では、登場人物(いったい何百人になるだろうか)一人一人についていろいろ注文をつけ、決して互いに手を組んではいなかった実情をちゃんと書いていることもみてゆきたい。つまり、これは、なかなか手の込んだ作品なのである。

たしかに明治20〜30年代は、日本全体が明るい一種の文明におおわれていた。そのひだひだには多くの暗い部分もあったが、各人に、おれは努力次第で何にでもなれるのだという、希望のゆとりがあった。一時的にしろ、そのような、共有された明るい希望の文明の世は、あれ以来、昭和の初年代を除けば二度と日本には訪れていないではないかという考えが司馬にはあり、いったんは作者とともに楽天家になった読者も、思い直し、再び作者とともに考えこむのである。

日本の長い歴史のなかで、元寇を例外とすれば、興亡の国運をまるごと賭した戦争は2回しかなかった。それは日露戦争と太平洋戦争である。一方はロシアを他方はアメリカを敵にした戦争だった。両方とも近代国家ないしは現代国家になりたての日本が経験したものである。前者は維新後36年、後者は73年後に始まり、一方は勝ちいくさ他方は負けいくさであった。勝ちいくさといっても辛勝であり、負けいくさのほうは完敗であった。日露戦争ではアメリカに調停役をしてもらってやっと終わりにできた。日本の軍部は、傷《いた》み分けでも仕方ない、負けなければ上々と思っていた。太平洋戦争の場合は、そう巧くいかなかった。主敵のアメリカには、ロシアのような内乱（革命）がなかった。ロシア革命は宮廷革命などではなく、文字通り国の成り立ちをひっくり返すものだったから、日本はロシア皇帝所有の軍隊に勝つことができた。そして皇帝の軍隊を除く全人民の革命軍は、革命後の祖国防衛に手いっぱいだった。

しかし1917年共産革命後のロシアはソ連となって、1945年、わずか28年後には日本に対する勝利者の一員となり、日本の無条件降伏では、連合国の仲間に急いで入って調印し漁夫の利を占めた。太平洋戦争では、日本が負けた主敵はアメリカだが、日清戦争で日本に負けた中国と日露戦争で日本に負けたロシア（ソ連）の両方が戦勝国の一員になった。中国人民も辛亥革命（1911年）で立ち上がり、わずか34年後には、日本に勝ったのである。つまり、旧体制下のロシアと中国に、日本は先ず勝ったが、20〜30年後には、その仇《かたき》を見事にとられたわけだ。皮肉なことに、日本に負けて、その後やがて勝ったロシアと中国とは、日本に負けたことのないアメリカとともに、20世紀には世界の3大超大国となり、21世紀の今日も、なおその地位を保ち続けている。それだけでなく、近い将来にアメリカと中国の2極グローバル化が訪れるといわれ、日本は、その谷間で徐々に衰亡してゆくとさえ予測されている。

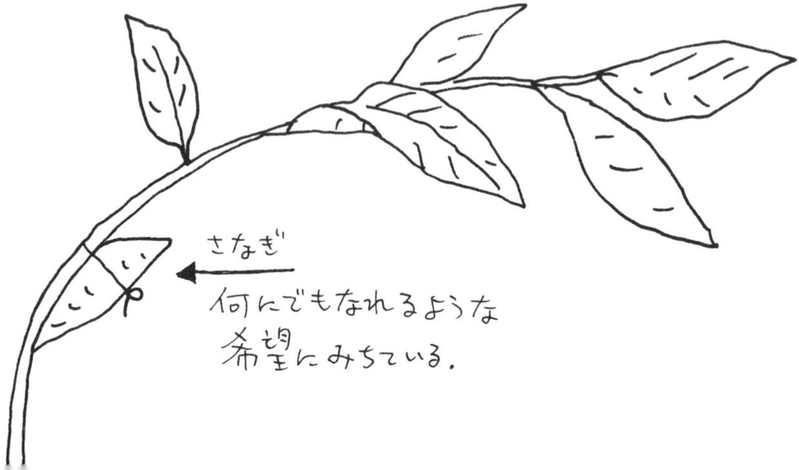
さなぎ
何にでもなれるような
希望にみちている。

ロシア革命の時代には
絵画にも革命が起こった★!
芸術において
カンディンなものは?
こんな絵は誰もかくめい!
抽象絵画の父
カンディンスキー
(1866〜1944
ロシア人)

こうみてくると、明治の20年代から30年代にかけて行われた日清・日露の大戦争は、その後の日本の歩みのすべての歴史の出発点になっている。このことは第2章でも述べておいたが、再確認しなければならない。

日本は、明治時代に、中国とロシアと戦争さえしなければ、太平洋戦争でアメリカに完敗せずにすんだかもしれない。しかし、中国とロシアとは、止むを得ず戦争をしなければならなかった。今日の日本人は、それを不思議とも誤りとも思うのだが、日本をとりまく現実は、すべてそのように動いていた。ということが『坂の上の雲』を読み通すとよくわかってくる。少なくともわかるような気がしてくる。司馬遼太郎は、このことを明治の明るさといい、明治の日本人の楽天主義という。

断っておくが楽天主義と楽観主義とは大いに異なる。日清・日露の両役で、日本の政府も軍部も楽観主義どころか、勝ち目の少ない戦《いくさ》に対する自信のなさ、情報の不足、決定的な彼我の戦力の差と準備不足を充分に自覚していた。にもかかわらず、戦争指導部は国民の楽天主義に押されて開戦し、日清では何となく、あっけなく勝ち、日露では暗いおもいのまま勝ったのである。参謀本部は国民の気分を先取りして、現実的な政府をひきずり込んでしまった。

秋山好古も真之も、勝った勝ったと喜んで凱旋したのではない。陸と海の大会戦で敵味方の犠牲の多大であったこと、いかに味方の兵の労苦は大きかったかということだけが脳裡にこびりついていた。203高地と奉天会戦の乃木希典に至っては、敗軍の将のごとき顔で帰国した。ただ、彼の陽明学仕込みの精神が表面的な気力の充実を姿勢の正しさで表現した。海の戦争の英雄東郷平八郎は終始沈黙していた。彼は海戦の最中でも連合艦隊司令長官としての艦上の位置に直立して動かず、ほとんど口をきかなかった。その場所は、艦橋で、甲板上に高く設けられたところだから、敵艦からの飛弾がもっとも集中する。作戦の工夫、指図はこまごましたことまですべて秋山真之が行った。

政府・軍部はとうぜん
悲観的.
深く考えてないので
国民は楽天的.
ラッパのマークの征露丸
河西健次博士が
整腸剤丸薬を考案.
よく効くので戦場の兵士たち
に普及した.
現在は「正露丸」と改め、
ロングセラーとなっている.

いったい日本海海戦という、いささか神話化された現場から立ちのぼる妖気の実態は、いかなるものであったか。その片鱗を司馬は次のように描いている。いや、描くというよりは解釈し解説している。

〈時間と空間が次第に圧縮されてゆく。刻々ちぢまってゆくこの時空《じくう》は、この日のこの瞬間だけに成立しているものではなく、歴史そのものが過熱し、石を溶《と》かし鉄をさえ燃えあがらせてしまうほどの圧縮熱を高めていたといってよかった。日本史をどのように解釈したり論じたりすることもできるが、ただ日本海を守ろうとするこの海戦において日本側がやぶれた場合の結果の想像ばかりは一種類しかないということだけはたしかであった。日本のその後もこんにちもこのようには存在しなかったであろうということである。〉

日本海を守りきれなければ、バルチック艦隊はウラジオ港に直行して、以後、満州の日本陸軍の善戦を無にするであろう。日本は、その結果降伏する。そして日本全土がロシア領にならなくとも、「最小限に考えても対馬島と艦隊基地の佐世保はロシアの租借地になり、そして北海道全土と千島列島はロシア領となり、東アジアの歴史そのものが変わっていったであろう。そこまで予測して、そうならないためには、バルチック艦隊を全滅、つまり一艦残さず沈めなければならない。オール・オア・ナッシングの海戦であったという（文庫本(八)の「運命の海」の章より）。

文庫本最終第８冊目の目次は、「敵艦見ゆ」「抜錨」「沖ノ島」「運命の海」「砲火指揮」「死闘」……と続く。もし、明治の頃の読者なら、血湧き肉躍るおもいで、この各章を興奮しながらページをめくっていったであろう。

しかし今日のわれわれは、淡々と時間の経過を追うだけである。そこには、時代の経過のみでは説明し切れないものがあろう。日本史をどのように解釈したり論じたりすることも勝手だが、日本海をもし守れなかったら後世の日本はどうなっていたとおもうのか、という口吻《こうふん》は、作者の興奮とともに読者へ伝わってくるではないか。ときは1905（明治38）年５月27〜28日、百年近くの時間差に隔てられている。しかも、歴史は、一直線に間近に今につながっている。われわれは、関ヶ原や島原の乱や元寇を読んでいるのではない。

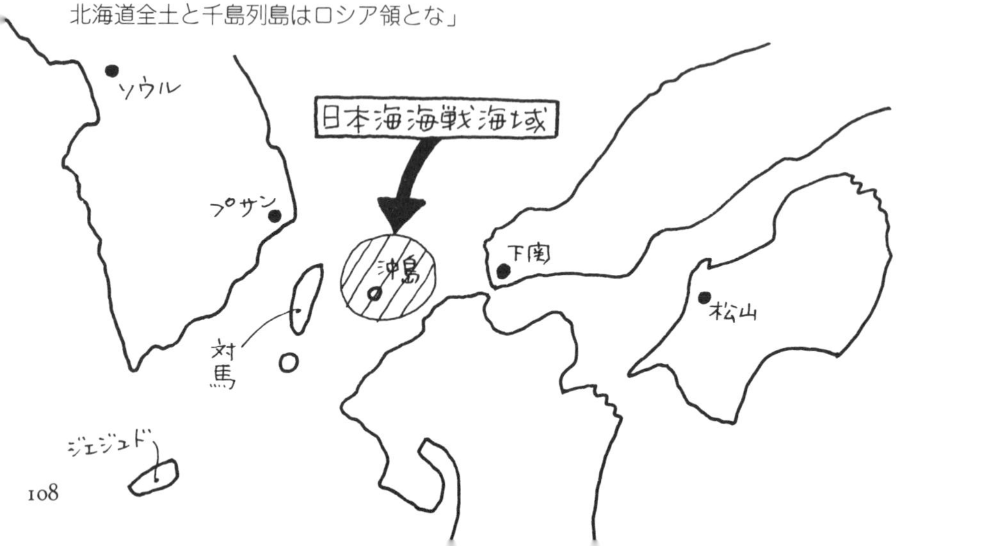

戦艦三笠の艦橋　中央が東郷、その右が真之.（東城鉦太郎画）

勝利を決定した

厂史的な回頭

同じ位置で10分以上かかるため
攻撃され易くキケンである.

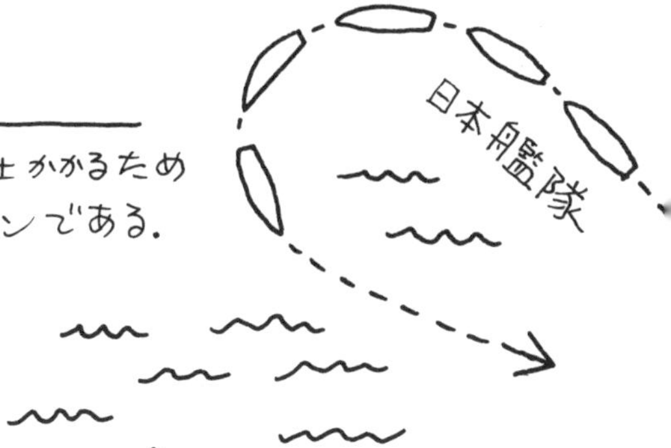

あまりにキケンなことを突然始めたので何か隠された意味があるのかとロシア軍はかえって混乱した.

日露戦争全体のなかで日本海海戦は、203高地や黒溝台・奉天の陸戦に比べると、わずか2日間足らず、一瞬のうちに終わった。海戦というものは、そういうものなのかもしれない。

『坂の上の雲』は、いうなれば日露戦争物語である。だが、戦記物とはいえない。要するに勝ったいくさの悲惨な有様を丹念に描くことで、日本が有史以来はじめて経験した近代的戦争の実態を作者は捉えようと努めた。近代的戦争とは何か。一口に言えば国家と国家の戦争である。だから、否応なく両国は国をあげての総力戦にならざるをえない。したがって、当該の国家の国民性、民族性、宗教の違い等々、要するに異なる文明と文明との闘いにならざるをえない。すぐ前の西南戦争や戊辰戦争とはわけが違う。司馬は、はじめて近代的国家の国民同士の戦争を作品に選んだ。そのためには、それだけの準備と決断が必要であった。決断とは、この場合何であったのか。作者自身のこれまで手がけた無数の国内戦・内乱とはわけが違うことを覚悟しなければならないということである。

中国は、日清戦争を国をあげての戦にすることができなかった。それは清朝が近代国家になっていなかったからである。ヨーロッパにも中世から近世にかけてナポレオン戦争(フランスとドイツ・ロシアなどとの)や英仏百年戦争などがある。しかしこれらは、国家間の戦争というよりそれぞれの国の王家と王家の争いに国民(主として百姓)が巻きこまれた戦であった。ナポレオンは、少なくとも近代的戦争の指揮者に一歩近づいていた。日本の江戸時代で、異国の英雄といえばナポレオン・ボナパルトであったという。

司馬遼太郎は、日本が、はじめて経験した近代国家としての総力戦を描いた後、その次の戦争を題材にした小説を書かなくなった。それだけは、たしかである。2001年の秋のある夜、半藤一利は『坂の上の雲』について語っていた(NHKテレビ)。彼は、司馬遼太郎は『坂の上の雲』以後、度々言うように文明批評家というか文明史家になったと言う。半藤氏は、日露戦争で旗艦をつとめた三笠を背景にして、そう語っていた。作家司馬遼太郎を文明史家に変貌させた動機は何であったか。

日本海海戦

日本にとって
初めての
近代国家の戦争
だった。
わーっ!
WAR
USAは
200年前から
こればっかり
やっている。
やめられない。
21世紀初頭、
前近代国家の
アフガニスタン。

いま、自分の祖国がやっている戦争に対して、これに賛同し勝つことだけを願い、喜び勇んで小説にしてしまう作家は、大正時代以後今日まであまりいなくなったといってよいだろう。大部分は、反戦か厭戦か、さもなければ戦争に無関係無関心を装《よそお》う自分の個人生活を描く小説を、大正・昭和の戦前の作家は書いている。戦後になって、戦中の個人的体験を書く小説は、いっせいに発表された。しかし太平洋戦争全体を描く作品は皆無に近い。これは、考えてみれば、おかしい。『真空地帯』や『ひかりごけ』や『レイテ戦記』は発表された。しかし、対米英戦争に限ってみても、真珠湾から沖縄地上戦、東京大空襲、広島・長崎原爆投下等々までをすべて描き尽くす小説は、戦後56年経った今日まで、ついに現われていない。まして、満州事変から日中戦争、東南アジア戦争までを含め、その間にノモンハン事件などをも入れ、さらに在米日本人のおかれた状態までを描きこんだ大長篇小説はつくられていないし、つくられようともしない。あたりまえだよ、そんなベラボーな計画をたてる作家がいるわけないよといわれるだろう。

だが、司馬遼太郎は、それと同質の仕事をやってのけたのである。しかも、日露戦争そのものの詳細な戦場描写だけではなく、戦前・戦後のことまでを書いた。そのために当然ながら、登場人物の数をしぼりにしぼり、主人公役を3人に限定した。しかし、その3人の戦場と戦争の体験を通して、戦争全体を俯瞰《ふかん》しようとつとめた。司馬が選んだ3人の主役は、きわめて平凡な田舎育ちの下級武士の家の子である。彼らに、作者は、明治の日本の平均的国民の姿を代表させた。しかもこの3人は、表舞台と楽屋の両方から日露戦争の主役をつとめることになる。否、作者の力に支えられて主役をつとめたといえる。

三人の主人公の物語を
三人三様に読む人たち。
坂の上の雲
さんびきの
こぶた

もちろん、日露戦争と「大東亜戦争」ないし「アジア・太平洋戦争」とは、その年月の長さも規模の大きさも桁違いである。だが『坂の上の雲』における日本海海戦は、バルチック艦隊が、バルト海の港から、ぐるっと海上はるか地球を半廻りするくらいの航路を進んでくる苦労を詳細に描いている。また、ロシア革命の前兆がヨーロッパ中に巻き起こっている状況も書き込まれ、世界中が固唾《かたず》をのんで日ロの勝敗を見守っている様子も余さず書いている。

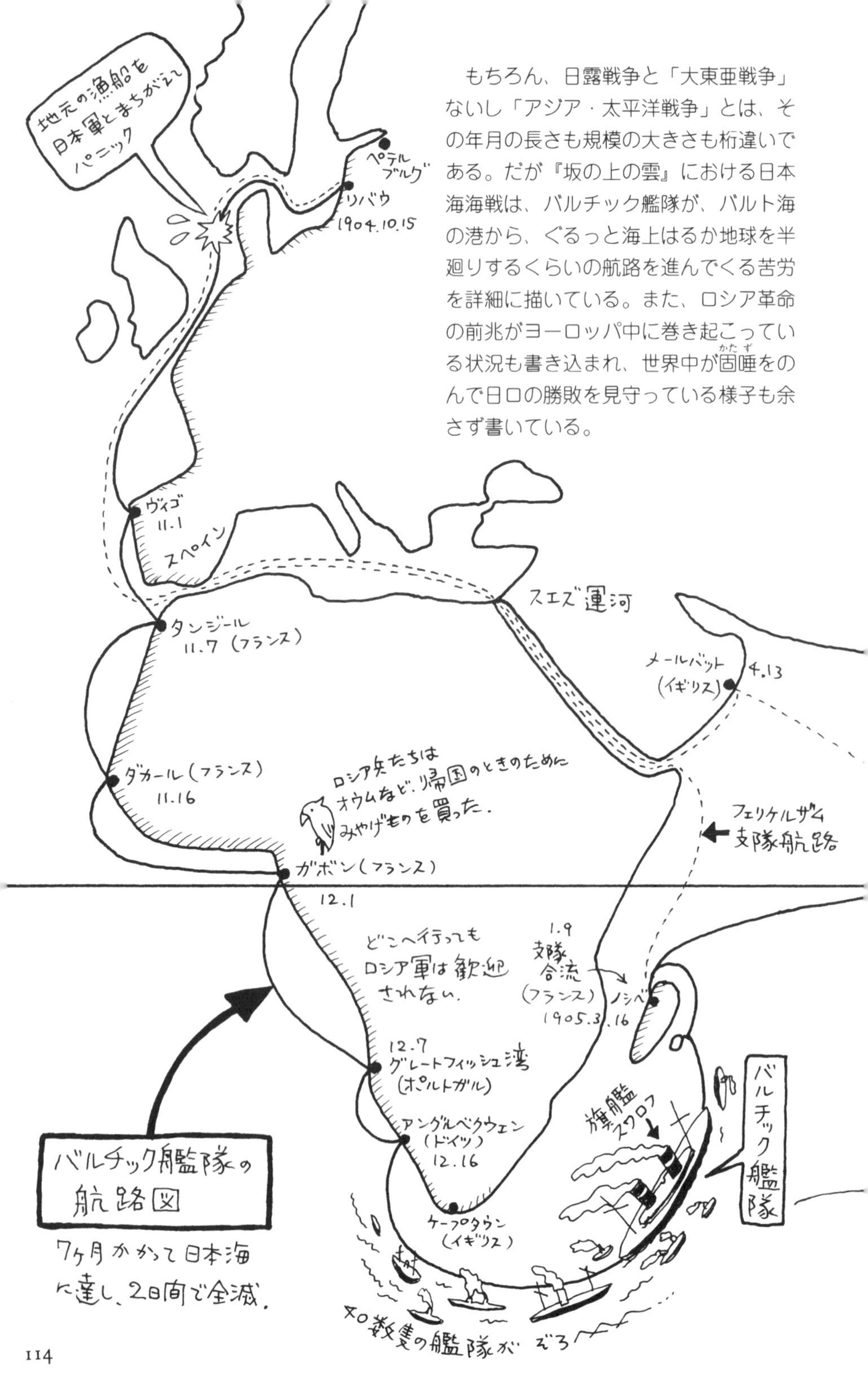

地元の漁船を日本軍とまちがえてパニック
ペテルブルグ
リバウ
1904.10.15
ヴィゴ
11.1
スペイン
スエズ運河
タンジール
11.7（フランス）
メールバット
（イギリス）
4.13
ダカール（フランス）
11.16
ロシア兵たちはオウムなど、帰国のときのためにみやげものを買った。
フェリケルザム支隊航路
ガボン（フランス）
12.1
どこへ行ってもロシア軍は歓迎されない。
1.9
支隊合流
（フランス）
ノシベ
1905.3.16
12.7
グレートフィッシュ湾
（ポルトガル）
アングルベクウェン
（ドイツ）
12.16
ケープタウン
（イギリス）
旗艦スワロフ
バルチック艦隊
バルチック艦隊の航路図
7ヶ月かかって日本海に達し、2日间で全滅。
40数隻の艦隊がぞろ

戦争に飛行機も潜水艦も長距離砲も、また超近代的情報網もまだ登場しないとき、軍艦同士が一発一発と大砲を撃ちあって相手にあてようとするしかないとき、○○高地や○○台という陣地を一つ一つ取ったり取られたり一進一退の肉迫戦を寒風と吹雪の中で何日も何夜もやらなければならないとき、そのような百年も昔の戦争をここまで時空《じくう》の視角を目いっぱいにひろげて描くことは、並たいていの仕事ではなかったと思う。

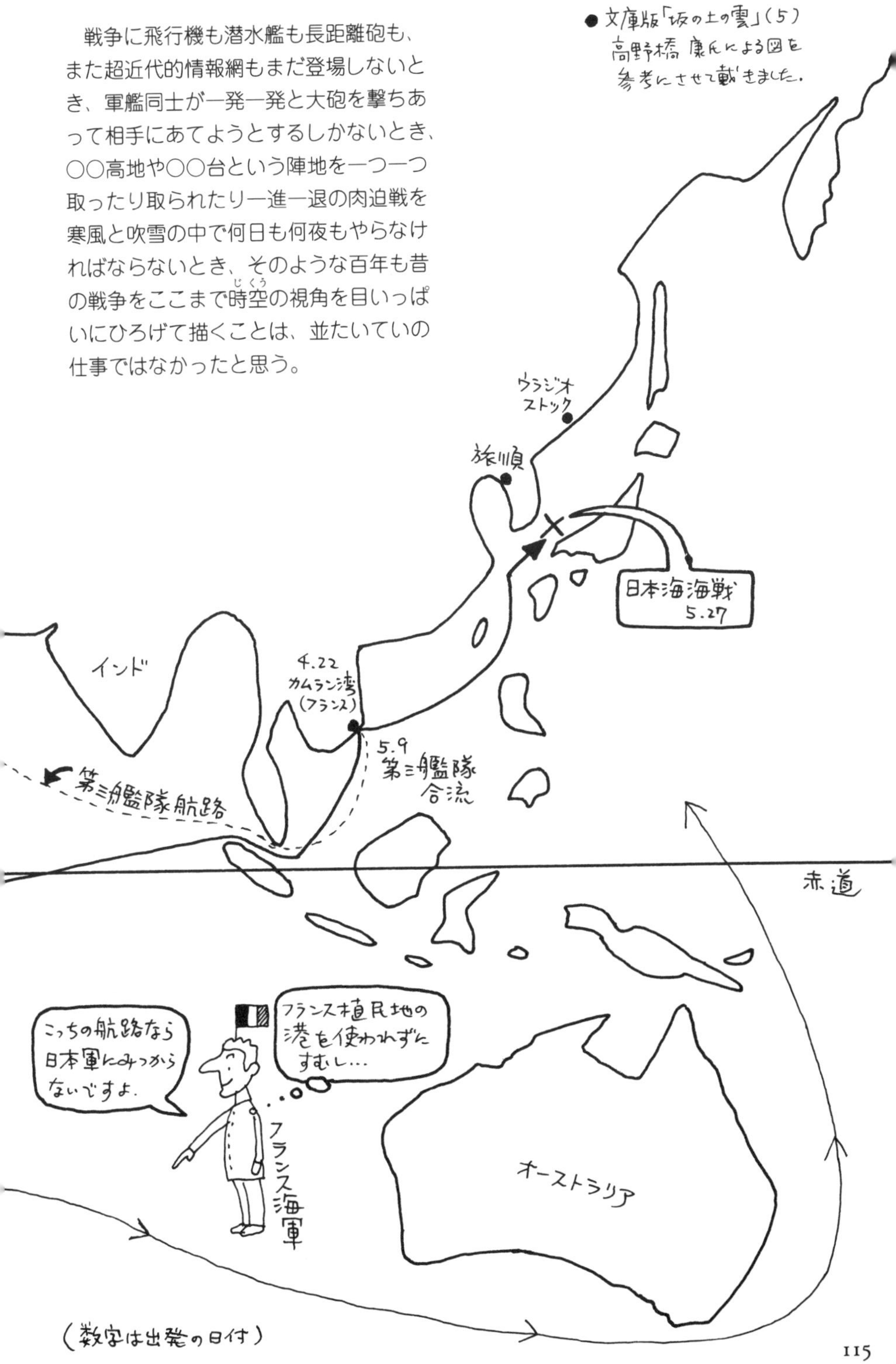

● 文庫版「坂の上の雲」(5)高野橋康氏による図を参考にさせて戴きました。
ウラジオストック
旅順
日本海海戦 5.27
インド
4.22 カムラン湾(フランス)
5.9 第三艦隊合流
第三艦隊航路
赤道
フランス植民地の港を使わればすんだし…
こっちの航路なら日本軍にみつからないですよ。
フランス海軍
オーストラリア
(数字は出発の日付)

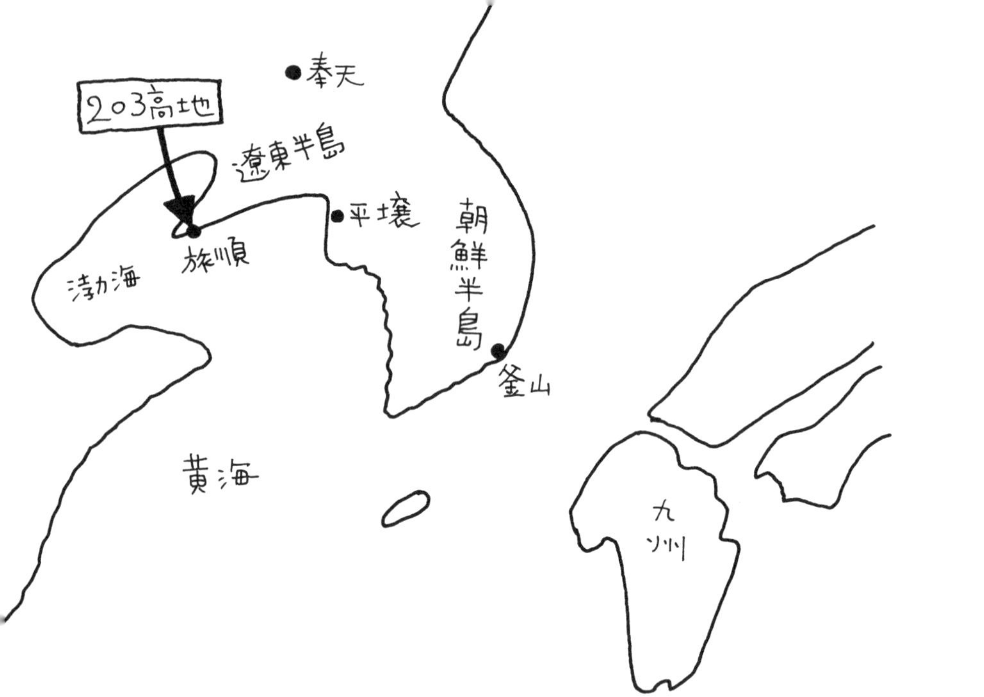

さらにロシア軍のなかには、ポーランド人や朝鮮人などロシア人以外の兵が参加し、彼ら被圧迫民族の兵は常に前線に立たされ日本軍の餌食に供されていた。ロシア軍の長所は、その数の圧倒的に多いこと、後続の兵をいくらでも補充できることにあり、一方の日本軍は、決定的に人員が不足し、しかも内地からの補充も尽きていた。にもかかわらず、何故日本軍は勝ったか。いや、負けなかったか。

203高地において繰り返し行われる日本部隊の突撃は、あまりにも無駄死にを増やすだけだった。それでも乃木軍は突撃を繰り返した。黒溝台では、わずかな人数で陣地を死守し、波のように押し寄せるロシア軍を何回も押し返した。指揮を任された秋山好古は、A陣地でまだ兵が残っていれば奇蹟だと思い、B陣地全滅の報せを聞いても援兵のあてはつけられぬ口惜しさをかみしめていた。

一方、ロシアの大軍のほうも、まだ充分の人数が温存されており、ここで一挙に総攻撃をかければ日本軍は潰滅したはずのところで、急に後方へ引いてしまうような作戦のミスを何回もおかしていた。

このような悲惨で、かつややこっけいな戦闘振りは、日本兵の強さ、勇ましさ、忍耐力、死をおそれぬ魂として、のちのち高く評価されることになる。これは江戸時代の武士道とは異なる特質として改めて賞賛され、大和魂と名づけられた。つまり、後世の大和魂は、もっとも悲惨な日露戦争における戦場で育てられたのである。大和魂という日本人が国民になってから生まれた「お国のために」という精神は、日露戦争で初めて生まれ、「ここはお国を何百里、離れて遠き満州の……」といううたにもなった。何度も念をおしてきたように、日露戦争は、清国の領土である南満州の奉天省、遼東半島、関東州で闘われたのである。作者は各巻の巻末に高野橋 康の作成による関連地図を毎回つけ加えるのを忘れていない。

勝ったなどと
言えるのか？

松本清張 1909〜92

前述のように、生前の司馬遼太郎と親しくつきあった一人であった半藤一利は、『坂の上の雲』までの作者と、それ以後の作者との違いを明快に解説していた。『坂の上の雲』以後の司馬は文明史家になった、と半藤氏は言う。この小説は、司馬のギリギリまでの可能性と同時に限界を表わしている。私もこの意見に賛成である。かといって、『坂の上の雲』以後の司馬が、近代国家日本における天皇制や帝国主義化への道を小説に描かなかった、ないしは描けなかったという批判には、私は必ずしも賛成できない。順序は逆になるけれど、司馬が描かなかった日ロ以後の日本を、たとえば松本清張は『昭和史発掘』などの仕事であとづけた。松本清張の生没年は、1909年と1992年である。司馬のそれは1923年と1996年だから、司馬は松本より14年後に生まれて4年後に没しているわけだ。つまり、司馬

は松本に入れかわるように文壇に登場して活躍した。司馬は主として明治から前を描き、松本は『西郷札』のような名作もあるが、主として日本の現代史に固執し、晩年には古代史にも興味を抱いた。両人は資質も文体もまるで違う。持っていた歴史観も大いに異なっていたと思う。しかし、どこか似ており、両人は戦後の日本を全力疾走し、入れ違いにバトンタッチしたようなおもむきがある。いつか私は、司馬・松本の両人を比べて書きたいと思っている。以前『司馬遼太郎と丸山真男』を書いたが、いつの日にか松本から司馬への道を、日本戦後文学史の前景の中で描いてみたい。その場合でもおそらく『坂の上の雲』は両者の接点というか、食い違いの切所になるだろうと予想出来る。

さて、日露戦争概論のようなものをずっと展開してきたが、そろそろ作品に即して日露戦争という一大パノラマを眺めてみよう。順序は不同になる。まず「黒溝台」である。前にも紹介したように「黒溝台」の章だけは２章にまたがっている。それだけ戦場は激しくまた凍りついていたようだ。便宜上この章を⑴と⑵に分けると⑴は文庫本㈤の最終章となり、はじまりのところは次のような光景である。

〈満州平野は褐色の死の色でおおわれ、雪の色がその死の色をいっそうすさまじいものにしている。気温は平均して零下二十度であり、風が吹けば体感温度は同三十度以下になり、ときに夜は同四十度以下にさがることもあった。〉

こんなひどい凍結した「冬営」(冬の陣地戦)では両軍とも、全員が地下壕陣地にもぐりこんでしまった。ロシアの第２軍の司令官グリッペンベルグ大将は、ペテルブルグでの送別会の席で、白人がアジア人に負けることはヨーロッパ全体の屈辱だと言ったという。満州の日本軍の兵力はロシア軍よりはるかに少なく、そのうえロシア軍は欧露各地の兵を大動員することが可能であった。極東陸海軍総司令官はクロパトキンである。彼の顔は正面の日本軍に対してより、本国の宮廷のほうを向いていた。

野戦の作戦も、この両将軍においてことごとくその考えが食い違っていた。グリッペンベルグは、手いっぱいに辛うじて展開している日本軍の左翼と正面へ主力攻撃をかけて潰滅的打撃を与えようとするものであり、その左翼は秋山好古の「支隊」が厚みのない展開をしていた。秋山は騎兵隊の専門だが、この苛酷な戦場と劣勢の兵力という条件の下で、ただ一つの陣地を守りきることを任務としていた。つまり、騎兵の本領を発揮するいくさは不可能というわけであった。

一方のクロパトキンにはロシア皇帝のために極東をあずかるという自負があり、現在の正面の敵を討つことだけが自分の責任ではない、旅順の敵からステッセルを救い出さなければならないと思った。すなわち旅順港を含む南満州の全土から日本軍を追い払い、バルチック艦隊を無事にウラジオストック港に入れて、日・満・朝全体を皇帝に捧げるという野望をクロパトキンは抱いていたのである。

それに対してグリッペンベルグは「戦争の現実主義者」である。やがて旅順が陥《お》ちて、クロパトキンの構想は、しぼんでしまう。やがて乃木軍が北進して南満州の戦線に加わる。危機感を抱いたクロパトキンと、戦線の実状を知り抜いたグリッペンベルグとの信じられないような功名争いが始まる。戦場での戦争の実態と、祖国の体制を背負った将軍たちとの思惑とは、食い違い対立さえ起こる。「グリッペンベルグは本気で怒って本国に帰ってクロパトキンの悪口をさんざん言ったため、このニュースは世界中の新聞に掲載された」という。

ロシア皇帝陛下
の極東
ウラジオストック
旅順
韓国
日本
机上の戦術家。
日本に勝つよりも
ロシア宮廷での評判に
心を砕いている。
クロパトキン大将
やってられるか！
グリッペンベルグ大将
戦争の現実主義者

一方、「ロシア軍は満州においてあらたな攻勢を準備している」という報告は、東京の大本営に届いていた。これはロンドン経由の明石元二郎の情報をもとにしたものである。しかし、「ヨーロッパ経由の諜報に対する日本の満州軍総司令部の鈍感さは、おどろくべきものがあった」ので、児玉源太郎も松川参謀もこれを一笑にふしてしまった。司馬は言う。

〈戦術家が、自由であるべき想像力を一個の固定観念でみずからしばりつけるということはもっとも警戒すべきことであったが、長期にわたった作戦指導の疲労からか、それとも情報軽視という日本陸軍のその後の遺伝的欠陥がこのころすでに芽ばえはじめていたのか。〉

このように司馬は言った。言わずにいられなかった。つまり、彼は文明史家になりつつあったといえる。

戦場は泥濘《でいねい》がそのまま凍土になっていた。こんななかをロシア兵が砲車をひいて進めるはずがない。春まで大攻勢はない。こういう固定観念に児玉もこりかたまっていた。203高地では乃木に代ってあれだけ有効な攻め方の指揮を執り、しかも乃木の名誉を最後まで守ってやる柔軟さと度量を示した児玉源太郎も、このときは味方の兵力不足と前戦の固定化を見、それに何よりも寒さのため、ありえないことに賭けてしまう想像力の貧しさのほうに陥ってしまった。ロシア軍がナポレオンの大軍を冬季に撃破したという物語を、児玉らはまだよく知らなかった。冬将軍の恐ろしさを利用してフランス軍を敗走させたロシア軍の底知れぬおそろしさを認識していなかった。

一方、騎兵の本務のひとつである敵情捜索を秋山好古は盛んに実行し、これを満州作戦本部に送信して、ロシア軍の容易ならぬ動きを報告していたが、松川参謀らは「また騎兵の報告か」といって一顧だに与えなかった。

この酷寒のなかロシア軍は動かない、いや動けないという固定観念が信仰化してしまったというほかない。

たてまえと本音《ほんね》ということをよく言う。日本人は、本音を吐く前に、まずたてまえを言う。しかし、場所は戦場である。“情報”というものは本音以外のものを排除する。児玉らは、まず騎兵隊というものの働きをまだよくわかっていなかった。騎兵は速力が武器である。軽快に移動し敵を奇襲して追われれば逃げ足が速い。機敏に移動して、敵の内部をかく乱出来る。ところが、この時代、まだその活用法を軍の上部はよくわきまえていない。そこに秋山好古の苦心と苦労があった。秋山の騎兵隊は、地下壕陣地にへばりついて守りの役につかせられた。もっとも苦手な役である。しかし、秋山らは最後まで頑張って任務を遂行した。

工兵というものも新しい兵種であった。にわかづくりの工兵隊には、無数の任務があり、そのひとつひとつがみんな全軍の下支えになる。特に地下道を掘り進ん

で敵の陣地に兵を安全に送り奇襲させる役は、工兵の特技であるはずである。しかし、その技術訓練は203高地攻防に間にあわなかった。日本兵の犠牲は、全身をさらしたまま部隊が敵のトーチカ近くまで地面にへばりついて移動するため、雨のように降る弾丸の餌食になった。

歩兵と砲兵が主役の日本軍は、「冬営」の戦に最後まで苦戦し死闘を重ねねばならなかった。そのありさまを、司馬は、砲煙弾雨のなかに読者がまきこまれるかのように活写してみせた。その間に、司令官・参謀・前戦部隊の隊長と兵の一人一人の声が聞こえてくるように描いた。古典的な近代戦の描写に司馬は全筆力を投入したといえよう。

ロシア軍兵の防寒服は、日本兵のそれにくらべて３倍は高値であったろうと司馬は言う。ロシア軍兵の帽子も外套も長靴も毛皮で保温されていたが、日本兵のそれはふつうのものであったから、地下深く掘った陣地の壕を出てしばらく外気のなかにいると、ひたいが凍ってくる感じで、ひどい頭痛に見舞われた。

㊙
ロシアが動いている！
満州軍総司令部

ちょっと、これ
あはは、んなことあるわけないぢゃ～ん。
総参謀長 児玉源太郎
参謀 松川敏胤

こうして、「黒溝台」の章は次の章(承前)に移る。「黒溝台付近の会戦」とは、日本軍側でつけた名である。日露戦争中の数ある会戦のなかで、おそらくもっとも悲惨な、そして作戦上の誤算続きのものであったらしい。誤算の原因は、満州作戦本部にあった。戦場は、すべて凍土であり極寒の空気にさらされていた。

秋山好古は晩年になってからよく「わしは日露戦争では負けてばかりいた」と言ったという。そういう好古は参謀というものを指揮官でありながら持たなかった。「考えることも、手配することも、叱りつけることも、すべて一人でやった」。その点では弟の真之も同じであったようだ。

満州軍総司令部の日本軍参謀の予想に反して、ロシアの大軍は大包囲作戦に乗り出してきた。日本軍参謀の松川敏胤《としたね》の「狼狽ぶりは、悲惨なほどで、……悲鳴をあげるようにして電話口でどなり……」他の参謀は松川の命令と逆の電話をかけるありさま、総参謀長の児玉源太郎でさえ支離滅裂の行動をしていた。

一方、総司令官居室のベッドでは、大山巌《いわお》が寝ころがっていた。「勝っているときは児玉サンにまかせます。敗けいくさになれば、諸兵をまとめるために私が指揮をとらねばなりますまい」と大山は言い、あるときは東京の海軍省へゆき、「満州《あっち》へゆけば、皆の連中(諸将をさす)をいかようにもまとめて、仲よく戦《ゆつさ》をさせましょう」と言ったという。

戦《いくさ》を薩摩弁でユッサという。「児玉サン」と作者はわざわざサンの字をカタカナで書いた。これも薩摩弁のアクセントを表わすためであろう。そして、大山が「仲よくといったとき、ちょうどメンドリが卵を抱くような手つきをしたという」と司馬は書く。こういうところで司馬は、実にていねいである。さし迫った司令部の空気が、ゆさゆさした大山の言動でなごんでしまう。毒気を抜かれたともいえる。後々、参謀たちの語り草になった。

日露戦争の戦場には、いろいろな人間がいた。軍夫(軍隊に従属して雑役を働く人夫)のなかには新選組の生き残りがいた。弘前の第８師団の師団長立見尚文中将は、佐幕派の桑名藩士で、「戊辰戦争のとき旧幕陸軍をひきいて各地に転戦し、当時の官軍をさんざんなやました」。彼は大将になり、戦争をさせれば日本の将軍のなかで随一といわれた。佐幕派のなかで大将にまでなったのはこの立見だけだという。立見は、幕府陸軍でフランス式教練を学んだほか、他のいかなる軍事教育も受けたことがない。その立見が、日本陸軍一の猛将となり、黒溝台の危急を救う命令を受けた。

立見師団は凍りついた大地の上を急ぎに急いだ。そのあいだに降る雪は靴底にすぐ凍りついた。ニギリ飯も水筒の水も凍って、食うことも飲むことも出来ない。この師団は東北出身の者で成り立っていて、シベリアからきたロシア兵より寒さによく耐えた。不眠のまま雪中行軍をしたが、ついに黒溝台救援に間に合わなかった。師団長も兵といっしょに行進した。

このときも作戦上の食い違いが総司令部と現地で陣地を死守していた司令部との間に生じ、立見救援師団長としては、黒溝台のいったん放棄を渋々のんだ。

好古は立見師団の参謀長の一時放棄という決断にきわめて不満であった。一時放棄は戦《たたか》いそのものを台無しにするものと思ったが、好古は顔にも出さず、荒いことばも吐かず、ただ、砲弾の炸裂音のなかで、「こんなことはいかんのじゃ」とばかり言っていた。立見師団の参謀長由比光衛という歩兵大佐は高知県人で、士官学校は秋山好古の２期下の第５期であった。

日露戦争の戦場には、重ねて言うが、いろいろな人間がいた。呉越同舟などの感情は吹きとんでいたろう。だが、あいつはどこどこの旧藩出身で、佐幕派か勤皇派だったかというようなことは、戦陣のなかでも皆の頭にしっかり記憶されていたのである。

日露戦争当時の海軍大臣山本権兵衛は薩摩藩出身、児玉源太郎陸軍大将は、徳山藩士の子で長州閥。乃木希典陸軍大将は、旅順戦の第３軍司令官で、これも長州閥。東郷平八郎連合艦隊司令長官は薩摩藩士。その他、参謀クラスの人間にも薩長閥は圧倒的に多い。また、全国の師団では、それぞれ地方別の特徴があり、弘前の立見師団などは、寒さに強く耐久力抜群である。ちなみに東京出身の者が多い近衛連隊などはもっともひ弱であった。

秋山兄弟は、南国伊予松山藩士の子で、気性はどちらかといえばおだやかであった。作戦上の不満に対しても「こんなことはいかんのじゃ」ですまし、戦争が終わったあとあとでも「あんなことはいかんのじゃ」と言っていたそうだ。よほど腹にすえかねていたのだろう。黒溝台はまだ生きている、という執念が好古にはあった。決してことを荒立てぬ好古に対して「おれは戊辰戦争の賊軍だった」という屈折したおもいが61歳の老師団長立見中将にはあった。夜間、飛雪のなかを不眠で急行軍した立見師団には、一人の落伍者も出なかった。しかし、立見師団にとってのほんとうの苦闘は、このあとから始まるのである。

弘前の第８師団（通称立見師団）は、この後、熊本の第６師団と並んで日本最強師団といわれる。戦後、故郷の冬のいろり端で語られる話といえば、この黒溝台の惨戦のことであったという。弘前では、立見尚文が永く「軍神」として慕われていた。司馬は、取材中にこのことを知ったと書いている。そこで作者の例のくせが出て次のように言う。

〈……歴史というものは、歴史そのものが一個のジャーナリズムである面をもっている。立見尚文は東北のいろり端でこそ「軍神」であったが、他の地方ではほとんど知られていない。〉

司馬は『坂の上の雲』で、実に多くの人物の言動を歴史の上にはめ込んでいる。小説の中にはめ込まれることで、各人は歴史上の人物に早変わりして、おさまるところにおさまる。まるで手妻師の手にかかったように。そして各々の故郷の境《さかい》が取り払われてそれぞれが普遍性を持つようになる。日露戦争は、全国各地につくられた師団を、おそらくはじめてひとつの戦場に集めた。佐幕も勤皇も一堂に会した。つまりこの大戦争をもって明治維新は完結したとみてよい。

しかし、藩閥政治は38年経っても消えていない。史上類のない敗将である乃木希典は長州閥の恩恵に浴して、あたかも『義経記』における義経のように戦後永らく英雄視されたが、一方の立見尚文は旧幕系の人であるがゆえに明治の陸軍のなかでは孤独であり続けた。

そんな人脈とは別に、騎兵第１旅団長秋山好古の苦戦苦闘は、その後も、日露戦争の終わるまで、すなわち奉天会戦まで続くのである。

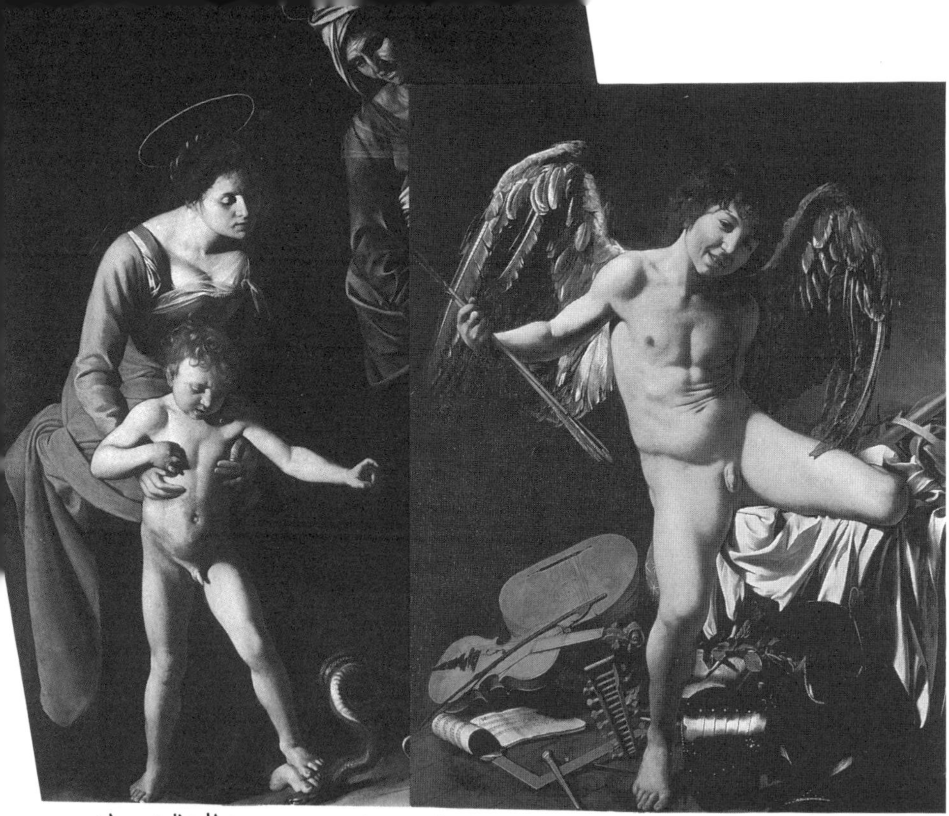

カラバジオ　1571〜1610. イタリヤ

この画家は、1890年に再発見されるまで、約300年も歴史の底に忘れ去られていた。

永遠に忘れられるものも多いんでしょうねえ。
歴史はジャーナリズムだ
中島
司馬

文庫本(七)は「会戦」「退却」「東へ」の章と続く。巻末の「南満州要図」をみると、黒溝台の東北方に奉天があり、奉天の間近西北方に大石橋がある。ロシア軍は乃木軍に対して、奉天会戦8日目の明治38年3月6日の朝から、本格的攻勢に出た。この朝7時50分ごろ、乃木軍は大石橋の惨戦を経験した。大石橋はかろうじてもちなおしたが、翌日3月7日には金沢の第9師団が奉天のはるか東南方の八家子《はちかし》附近で強大な敵に遭い、進退谷《きわ》まった。第9師団野砲兵第9連隊の一部は、陣地を変換の途中、ロシア軍の砲兵の集中射撃にあった。「中隊長以下将校はことごとくたおれ、さらに砲車が飛び、砲身がくだけ、砲手のほとんどが戦死した」。予定陣地に入ったときは1門の砲車と1名の伍長しかのこっていなかったという。作者は、どこまでもこまかく詳しく描く。そうすることで、日露戦争というものの息苦しさから逃れるかのように。

乃木軍の大潰乱と大敗走ぶりは、公表はもちろんされなかった。

乃木軍参謀が実見した情景描写を司馬は紹介する。

〈敗兵のほとんど全部は銃を捨て、剣もなく、ある者は背嚢《はいのう》も帽子ももっていない。甚だしいのになると脚絆《きゃはん》も靴もなく、まったくのはだしの者もあった。……予は狂奔し、大声疾呼して退却部隊に停止を命じたが、一人としてこれに応ずるものはない。〉

コラァ！
にげるな！
こわい〜
キャ〜〜

2001年
自衛隊大規模海外派遣

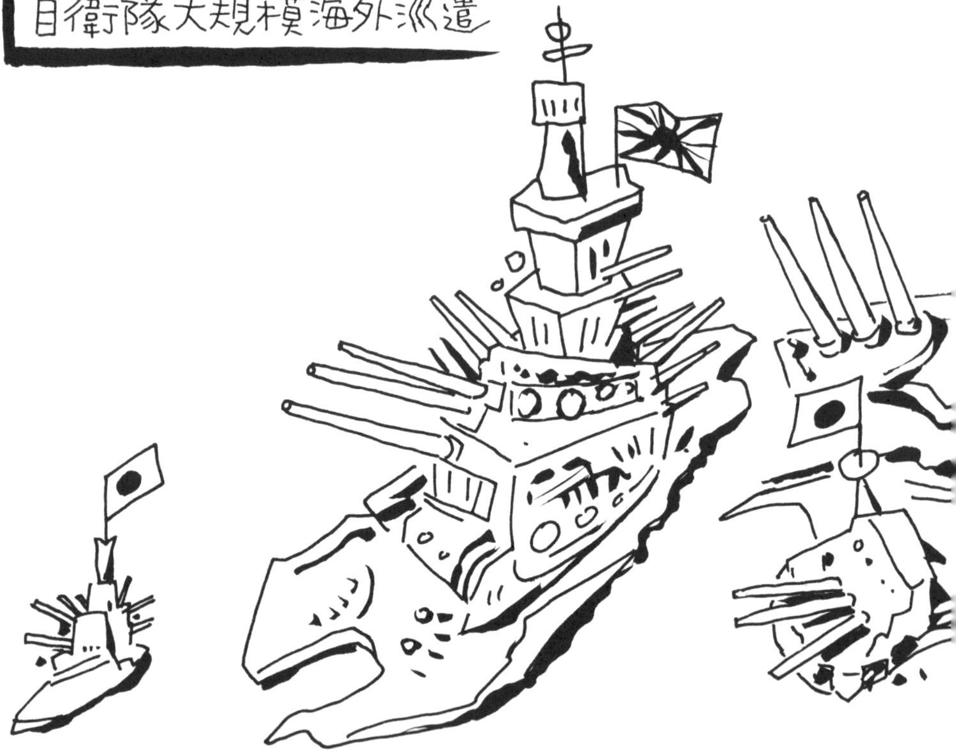

　この潰乱敗走は一個師団という規模で行われた。しかし、奉天会戦で日本軍は「勝った」。勝つとはいったいどういうことか。作者自身が問うている。アメリカは、ロシアがアジアで強大になることを喜ばなかった。日英同盟も、アメリカが日露の講和にのり出したのも、日本を道具視したからにすぎない。ルーズヴェルト・アメリカ大統領は、その世界政策から日本が勝つことを望んだが、大きく勝ちすぎることを望んでいなかった。作者は、このように日露戦争の結末を分析する。アメリカやイギリス・フランスなどの“国際感覚”にちょうど適合するていどに日本は奮戦し、ロシア軍を苦しめ、しかし完全勝利になる寸前で講和に持ちこませてしまったのである。これは当時の日本側の望むところでもあった。

　さらに司馬は、「日本はこの戦争を通し、前代未聞《みもん》なほどに戦時国際法の忠実な遵法者《じゅんぽうしゃ》として終始し、戦場として借りている中国側への配慮を十分にし……中国人の土地財産をおかすことなく、さらにはロシアの捕虜に対しては国家をあげて優遇した」、と解説する。

　なぜか。安政年間に欧米列強と結んだ不平等条約を改正してもらいたいがためであった。そして作者は、江戸文明以来の倫理性がなお残っていたのも、ひとつの要因であったと言う。

　司馬の真似をして、私も、余談だが……と書きたい衝動を抑えがたい。すな

わち、2001年９月11日の“同時多発テロ”以来続いているいわゆるアフガン戦争である。

まず、戦後結ばれた日米安全保障条約は、どうみても日米間の不平等条約である。明治の日本人は、多角的不平等条約を明治年間中(45年間)にどうやら改正させた。一方、日米安保は56年経っても改正されず、逆にますます強化され、アメリカの日本に対する注文は加重されつつある。インド洋へむけて、いよいよ自衛隊の艦船が佐世保を出港する前々日、海上自衛隊統合幕僚長は何と言ったか。すなわち、われわれ海上自衛隊は、戦前は帝国海軍に育てられお世話になり、戦後は、ずっとアメリカ海軍と一心同体のお世話になっていますと。彼は心から本気になってこのようにＮＨＫの記者に言った。普通の神経の日本人には理解のほかのことばである。

明治の日本政府は日露戦争という仕掛けられた大バクチに、列強の旦那方のみている前で勝つことによって、今日の日本人がやれないようなかけ引きと取り引きを行なおうとしていたのではないか。

しかしながら、ロシアは奉天会戦の失敗を敗戦として認めず、戦争のケリは日本海海戦まで持ちこされた。

いよいよ海戦の物語になる。その発端は「東へ」の章で始まる。日米の艦隊は2001年の秋、逆に「西へ」の航路を辿っている⁉

そのまえに、陸戦を語る文章と海戦を描く文章とは、その文体が違うことに気付く。陸戦の描写は散文的になり、海戦のほうは詩的な文章になりがちだ。陸戦は、何カ月も固定した大地の上での何千何万の軍兵の群れの動きを描かねばならない。203高地、黒溝台、奉天周辺と所が変わっても、無表情かつ苛酷な南満州の大地は、無表情なまま将兵のしかばねを転がしたまま凍らせ、春になればその血を吸う。

『坂の上の雲』における各地の陸戦物語を読むと、いったい何のために何をしているのか、彼我の将兵の一進一退、右往左往の意味が、ついにわからなくなってくる。それに比べて海戦のほうは２日か３日で終わり、あっという間に巨艦巨船が海中へ沈んでゆく。敵味方の艦砲の撃ち合いは目もくらむほどに烈しいが、命中率は、きわめて低い。軍艦一隻を撃沈するのに、どれだけの無駄弾《だま》を撃たねばならないか、海上の波に漂う相手に照準をあわせることがいかにむつかしいか、観《み》ているほうが苛立ってくる。それでも一艦一艦沈めて日本海軍はバルチック艦隊の全部を沈めたり撃破したりできた。もちろん日本海軍の損害も大きく、旗艦三笠自身も大きな損傷を受けた。

海戦というものは、昔の武将が大勢の家来を従えて、ヤーヤーと互いに名乗りをあげながら勝負を挑むのに似ている。相手の槍？　つまり砲弾にあたらぬようあらゆる角度で艦を右に左に横に縦に海上をはしらせ、しかも相手に有効な弾を集中的に撃ち込まなければならない。艦の操縦の術は、馬をあやつる術に似ていないこともない。それにひきかえ、陸戦のほうは、一つ一つの陣地を少人数で、大波のように押し寄せる敵兵から死守しながら、一人一人倒れ、砲車ひとつひとつが破壊されてゆく。しかし、陸戦では、後退と敗走が可能だ。海戦のほうは、なかなかそうはいかない。艦上の数百人の海兵は、まさに一蓮托生、浮沈の運命を共にしなければならない。

とにかくこの大長篇を読むと、陸戦と海戦との違いがよくわかる。その意味で、日露戦争は、後世の日本陸海軍にとって大事な教訓を多く残したものといえよう。特に陸戦においては、情報の適確さの重要性、情報に対する主観的な固定観念による判断の誤りのおそろしさを、日本陸軍は身にしみて悟ったと思える。しかも情報(外国からと前線からと両方の報告)に対する判断の誤りは、軍の上層部へゆくほどひどいものだということがよくわかる。自軍の兵の不足、内地の師団を根こそぎ動員してしまった心細さ、しかも相手はシベリアの大地を越えていくらでも陸上の補給が可能だという実情、そのうえ、東欧・北欧の帝政ロシアの支配民族のなかから兵の調達ができるという有利さなどを考えると、大山巌や児玉源太郎の絶望の気持ちは充分に察せられる。そのなかで乃木軍の度重なる作戦上の失敗と潰乱とは特に目立ってくる。

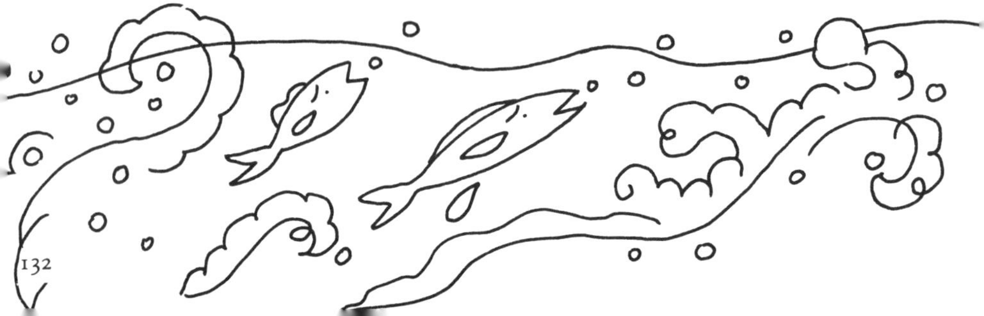

中村不折画「日露役日本海海戦」

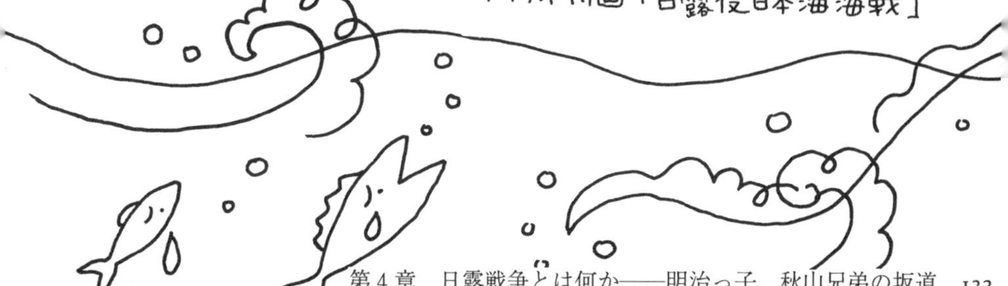

陸戦の敗北をなんとか最小限に食い止め、かたちのうえで勝利に近いものにした功績は秋山好古らの働きによることを作者は強調している。前線と後方総司令部との間の食い違いの最大の犠牲者も秋山好古が味わわねばならなかった経験であろう。気候温暖・性格のびやかな土地に生まれ育ち、実家と弟に、何とかしてお豆腐の厚さほどのお金《かね》(札束)を得て持参したいと願った好古は、冷酒を飲みながら、家具調度の一切ない小さな部屋で、つけもの一皿の飯を毎日食いながら陸軍少尉の暮らしを続けた。制服を着け馬に乗り馬丁一人を従えて下宿に帰る好古には、何ひとつ楽しみもなかった。めし茶わんもひとつしかなく、弟の真之が訪ねてきてもその茶わんでめしを食わせ、自分は茶のみ茶わんで冷酒を飲んでいたという。ただひとつ、めしが食えるようになりたいと願って生きた明治の38年間の終着駅が、南満州の凍土の大地での戦《いくさ》だったのである。好古は一切のぜいたくを自ら削ぎ落とした、清々しいほど無駄のない人である。彼は恨み言や愚痴は一切もらさなかった。普段から無駄口をたたくことがなかった。弟の真之がごくたまに訪れてもほとんど口を利かず酒を飲み飯を食い、お前も食えと言うだけだった。終生、柔らかな口調の伊予弁で押し通したこの兄弟は、日露戦争のために生まれてきたような人間である。

彼ら兄弟は英雄とは少し違う。作戦の神様のようでもあり、また、労苦を一切いとわぬ兵隊のような強固な魂の持ち主でもあった。しかも、晩年になると、日露戦争の功績を利用する生き方を一切やらなかった。要するに、昭和・平成の若者とは大いに違う明治の日本人の典型のひとつであった。

秋山兄弟は、戦後の日本にいたなら、企業社会のなかで大いに活躍したと思う。彼らは、社長でもヒラ社員でもない中堅管理者として活動を続け、常に新しい技術導入と市場開拓に励んだのではなかろうか。かといって、彼らは、ただ会社に対して忠実であったとはいえない。言うなれば、おのれに正直で忠実であったのである。

松山城
春や昔十五万石の城下哉
子規
24年がかりで 1627年に完成
そのごいろ〜あったが
233年間にわたり、
松平家の城であった。
日本最古の温泉
道後温泉
300年前に、この湯でサギが傷を治したという伝説がある。
松山へどうぞ
おでかけください！
愛媛県
伊予かんのふるさとです。
なんだか とっても いい予感！
子規記念博物館
夏目漱石も
松山でくらしたことがあります。
松山を舞台に、「坊ちゃん」を書いたのです。
ボッチャン
和歌・俳句がさかんで
松山市内に320基の歌・句碑があります。

さて、いよいよ戦場は日本海上に移るが、その前に作者は「東へ」というかなり長い章をたてて、「世界はじまって以来、軍艦が通ったためしのない航路」を何カ月もかけて進む大艦隊の様子を詳しく紹介している。「東へ」は、日本海に向かうロジェストウェンスキーのバルチック艦隊が、目的の海上へ辿り着くまでの話である。私は、この「東へ」が海戦そのものより面白いと思って読んだ。

文庫本㈤の巻末に見ひらきで、「バルチック艦隊航行図」がある。

バルト海のリバウを出港した艦隊は、スウェーデンとデンマークの間の海峡を通過し、イギリスとフランスの間のドーバー海峡を通りすぎ、スペインのヴィゴに寄港した。リバウ出港が1904年10月15日で、ヴィゴ寄港が翌11月1日である。ヴィゴを出港した後は、アフリカ北端のフランス領タンジールに6日後の11月7日に寄港、さらにアフリカ西海岸のフランス領ダカールに到着した。11月16日のことである。そして赤道のすぐ北になるフランス領ガボンに寄港したのが12月1日、ポルトガル領グレートフィッシュ湾に入ったのが12月7日、ドイツ領アングルベクウェン寄港が12月16日だ。リバウから大西洋をアフリカ大陸西岸を南下して喜望峰の近くまでくるのにおよそ2カ月かかっている。しかしイギリス領ケープタウン(喜望峰)に艦隊は立ち寄ることなく、アフリカ大陸南端をぐるっと廻ってインド洋上に出た艦隊が、マダガスカル(フランス領)島北端近くのノシベに着き支隊の艦隊と合流したのは1905年3月16日であった。バルト海を出てからなんと5カ月かかっての大航海である。まるで陸上を歩くようにして、艦隊は海上を進んでいた。

ノシベを出てからのバルチック艦隊とフェリケルザム支隊とは、インド洋を北東に進み、スマトラ、シンガポール、マレー半島等の海域を北上して、フランス領カムラン湾で5月9日、さらに第3艦隊と合流、フィリピンと台湾の間を北上し、ついに5月27日、海戦の場にその艦影をあらわした。1904年10月15日から1905年5月27日まで、7カ月以上かかっている。このこと自体驚嘆に値《あたい》する。

5月27日は、戦前の日本で海軍記念日であった。3月10日は陸軍記念日、奉天会戦の勝利の日である。この陸海両記念日の間の2カ月間あまり、バルチック艦隊はインド洋から東南アジア海域を航行していたことになる。艦隊の対馬海峡到着を満州の野に在るロシア軍はどんなに待ちかねていたことだろう。それ以上に日本の東郷と秋山真之は待ちに待っていた。まさにこの日のために用意した作戦、砲の撃ち方、艦の動かし方、そしてもっとも肝心なのは敵艦の出現をいかにして先にキャッチするかに運命を賭けていたのである。

私のような読者にとってもっとも興味深いのは洋上をゆくバルチック艦隊の重い船足と艦内のロシア水兵の数カ月もの暮らし振りである。作者の描写は、まことに写生的で、それ自体、ほとんど正岡子規的である。

〈ほぼ八ノットで進むが、途中、洋上給炭のために全艦隊が停止したり、駆逐艦をひっぱっているロープが切れたり、あるいは続出する艦船の故障と修理のためしばしば脚をとめたため、この艦隊がインド洋を横断するだけで二十日間もかかった。

戦争でなければ
こんなにのんきな旅は
ないのにねえ〜

ロシア人たちは、地球の表面にこれほど無表情な空間があったのかとほとんど厭世的《えんせいてき》にさえなった。風景といえばぎらつく太陽と青い空、そして波というよりも単調なしわにすぎない水面がはてしもなくひろがり、陸地を見ることもなかった。〉

司馬の文章は、なんの飾り気もなく淡々と写実的である。にもかかわらず人の胸を打つ。天成の彼は散文家といえる。散文が詩になる寸前で自らを抑制する。つまり、歴史は一種のジャーナリズムなのだ。前掲の地図をみてもわかるように、艦隊は気の遠くなるような旅をした。寄港するところはほとんどがフランス領である。当時、アフリカ、アジアのほとんどが欧米の植民地であった。そのなかで日本と同盟を結び艦船を売っているイギリス領の港町には艦隊は寄れない。またフランスも、奉天会戦におけるロシアの敗北以後、掌をかえしたように冷たくなったという。そこで、艦隊は「なんの目的もなく」「足踏み運動をくりかえ」すことにもなった。水兵たちはやるせない倦怠におそわれた。

「われわれは世界中から嫌《きら》われた」、こんなことで果たして日本に勝てるのかと、思うようになる。フランスを恨むより以上に水兵は、ロシア帝国の無能、ひいてはロジェストウェンスキーと士官たちを批難するようになる。無能な上官に生命をあずける虚無的気分がひろがってゆく。

艦隊は、熱暑のヴァン・フォン湾沖で20余日間漂泊していた。史上まれにみる光景である。そのあいだに、1万数千トンの石炭を空費してしまった。フランス側は、もうこのとき、石炭の供給を拒否した。

ロシア水兵たちの祖国では、海軍工《こう》廠《しょう》の労働者がペテルブルグの流血事件に動揺し、造船所ではストライキが始まった。ペテルブルグの宮廷も海軍省も、艦隊の苦労と、ロシア海軍の実情そのものに何の理解もなかった。艦内何千人もの水兵は、当然のようにニヒルに陥った。

1905年4月21日、艦隊は「24時間以内にカムラン湾から出てゆけ」と、フランス政府を代表するジョンキエル提督からいわれた。命令は酷《こく》できびしいがジョンキエル自身は、フランスの社交界を代表するような優雅な物腰の将軍である。部下に対してはかんしゃくもちのロジェストウェンスキーもペテルブルグ宮廷でフランス風の作法を心得ていたから、同じ海軍軍人としてジョンキエルのおかれた立場を理解した。そして、翌日には外洋に出た。それからどうなったか。

〈領海ぎりぎりのところで二列縦陣を組み、停止したり、ときには微速でもって遊弋をしたり、さらには大いに動きだしてヴァン・フォン湾にもぐりこんだりしたが、ここでも追い立てを食って、また外洋に出、停止・微速でうごきまわるという動作をくりかえして文字どおり漂泊した。なんの目的もなく、全艦隊が足踏み運動をくりかえしているのである。軍艦をうごかしている兵員たちにとってこれほど倦怠《けんたい》とやるせなさを誘う艦隊行動はなかった。〉

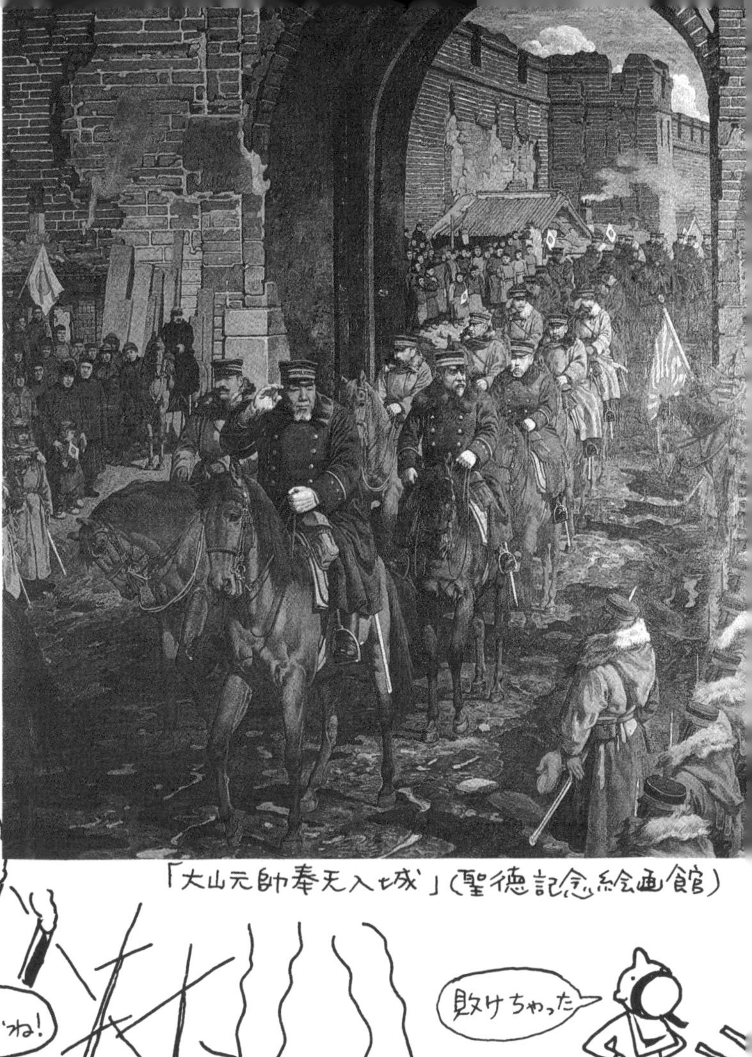

「大山元帥奉天入城」(聖徳記念絵画館)

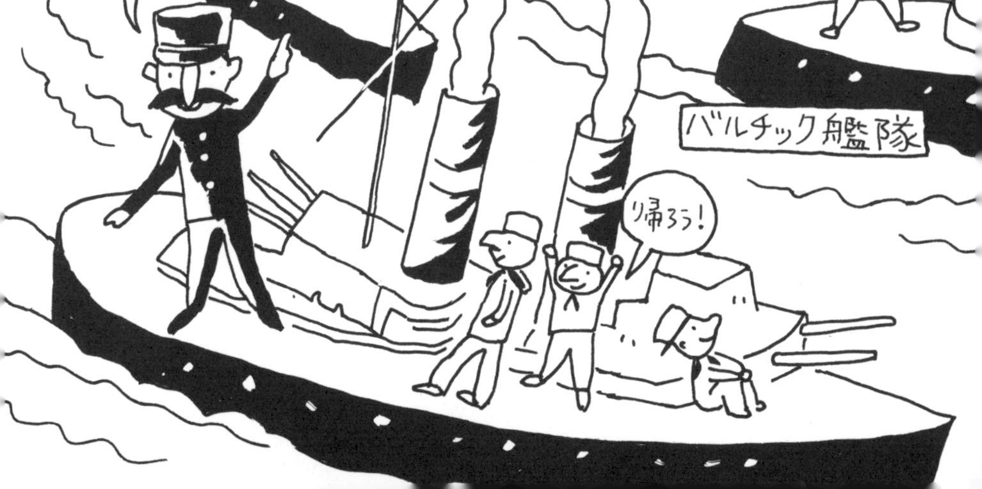
これで
戦争おわりだね!
負けちゃった
バルチック艦隊
帰ろう!

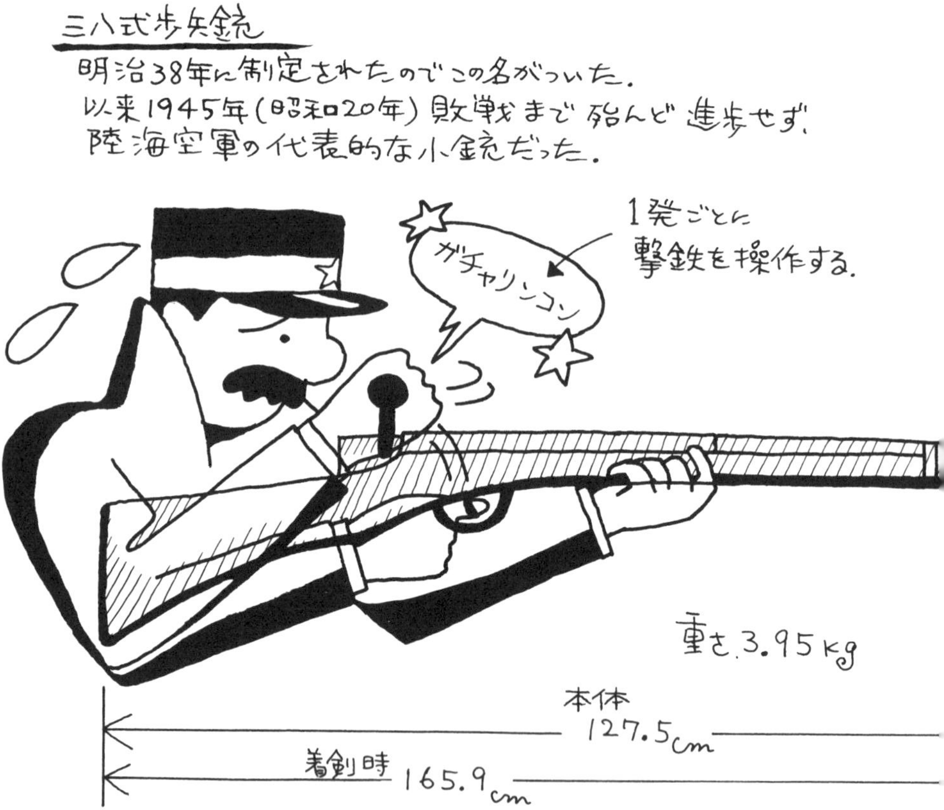
三八式歩兵銃
明治38年に制定されたのでこの名がついた。
以来1945年(昭和20年)敗戦まで殆んど進歩せず、
陸海空軍の代表的な小銃だった。
1発ごとに
撃鉄を操作する。
ガチャリンコン
重さ 3.95kg
本体
127.5cm
着剣時
165.9cm

一方、中型の老朽艦で編制された支隊は、艦が小さくスエズ運河を通過できた。この老朽艦隊の司令官ネボガトフ少将は55歳、海軍とは何かを知りぬいており、宮廷の秀才ロジェストウェンスキーよりすぐれた船乗りである。ネボガトフは水兵にまで敬愛される提督《アドミラル》であったという。ネボガトフがロジェストウェンスキーと合流するまでに84日間かかった。支隊は本隊が、いったいいまどこにいるかわからず、漂流するバルチック艦隊を何日も何日も探しまわったのである。

これだけの大艦隊が日本海に近づくまでに、日本海軍に知られずに到着するのは至難の業《わざ》であった。そうでなくても、艦隊があっちへ寄りこっちで追い出されて漂流を重ねたことは、すでに世界中に知れ渡っている。

文庫本(七)の「東へ」の次の章「艦影」では、5月19日の未明、艦隊が台湾とルソン島のあいだのバターン諸島付近で英国汽船を拿捕《だほ》したことを記している。何のために外国の汽船をつかまえたのか。それもロシアを敵視し日本と同盟を結んでいる国の非武装の船をである。イギリスのオイル運送船を供につれ、敵の目をくらまそうとしたのだ。オールド・ハミヤ号という英国汽船はおもに石油を積んでいた。ロジェストウェンスキーは、ハミヤ号の乗組員を各艦に分乗させ、汽船にはロシア士官と兵員をのせた。船足の遅い汽船にあわせるため艦隊の速度は一層遅くなった。「何てぇ荷厄介な道連れをつれてゆくんだ」と水兵は、ぼやいたという。汽船の船員たちは、もっと腹が立ったであろう。

昭和20年といえば
アメリカではアルフォンソ・カポネが
(1899〜1947)
機関銃を撃ちまくっていたころだ。
ダダダダダダダダダダダ
ポーン

まあ、こんな調子でロシアが世界一を誇るバルチック艦隊は日本海という檜舞台に向かって何カ月もの航海を続けたのである。

文庫本(八)は、「敵艦見ゆ」「抜錨」「沖ノ島」「運命の海」「砲火指揮」「死闘」「鬱陵島」「ネボガトフ」「雨の坂」と続く。「死闘」の冒頭に「ペリー来航後五十余年、国費を海軍建設に投じ、営々として兵を養ってきたのはこの三十分間のためであった」という秋山真之のことばをみる。

時代が昭和になって、日本の帝国海軍は、不沈を誇る戦艦を自前でつくった。吉田満の『戦艦大和』と吉村昭の『戦艦武蔵の最期』とは、艦は沈んでも小説は不朽の名作として残るであろう。1940(昭和15)年に予定された東京オリンピックを日本政府は返上した。競技場建設に用いる鉄材が駆逐艦一隻分の必要量だというのが、理由のひとつだったという。日本海海戦の旗艦三笠は今も記念に保存されている。大和や武蔵という名の巨大戦艦は、日本の造船技術を世界に誇れるだけのものであった。

日露戦争で活躍した多くの艦艇はイギリス製である。わずかな年月のうちに、日本は自前で連合艦隊をつくれるようになった。しかし、そのときには、空母と潜水艦のほうが主役をつとめるようになっていた。制空権を持つものの勝利を、私が少国民であった頃に、まざまざとみせつけられた。

戦争は発明の母と誰かが昔、言った。技術革新の半ば以上は戦争用である。それは今日でもいえる。ハイテクのかたまりといわれるイージス艦という情報怪船を日本の海上自衛隊はアメリカからもらい受け、その艦を「西へ」出航させるかよすかで、閣内も与党内も、もめたという。何のために。アメリカ艦隊の“後方支援”のためであった。

昔、東郷平八郎、40年後に山本五十六《いそろく》、両人は元帥である。子どもに親や先生が、おまえは大きくなって誰みたいになりたいかときくと、トーゴーゲンスイ！ と答えた。女の子もそう答えたという。一方、山本五十六にあやかって56円の戦時国債を買ったり、貯金する人が戦中に大勢いた。

「秋山真之が指導した日本海海戦の部分は、この長い物語の大団円として作者が心血を注いだものだろう。海戦史上何ものもなしとげえなかった完全戦闘という成果をあげた、史上未曽有の戦いぶりを語りつくして、その筆は雄渾をきわめているのを思え」

これは、前にも紹介した島田謹二の解説のなかのことばである。たしかに、陸海両軍の日本兵の戦いぶりは、「史上未曽有」である。そのことは誰もが認める。しかし同時に、日本は日露戦争を闘ってしまったがゆえに、その後敗戦までの40年間の夢を追うことになった。司馬遼太郎は「あとがき」(4)で次のように書いた。

〈この日露戦争の勝利後、日本陸軍はたしかに変質し、別の集団になったと

しか思えないが、その戦後の愚行は、官修の「日露戦史」においてすべて都合のわるいことは隠蔽したことである。〉

このような作戦の価値判断をほとんどおこなわない、平板きわまる「日露戦史」によって育てられた世代が、「やがては昭和陸軍の幹部になり、日露戦争当時の軍人とはまるでちがった質の人間群というか、ともかく狂暴としか言いようのない自己肥大の集団をつくって昭和日本の運命をとほうもない方角へひきずってゆくのである」と司馬は、はっきり書いている。

私は、この第4章に「日露戦争とは何か」という題をつけた。『坂の上の雲』は、日露戦争を主題に選ぶことによって、日露以前の明治をわれわれの眼前にありありとみせてくれた、と同時に、日露以後の日本の歩みを照らし出してもいる。

私は、本章で「黒溝台」と「東へ」を主に選んで紹介した。両方とも少しも華々しくない。一方は日本の、他方はロシアの悲惨な姿を照らし出している。しかし、戦争とは、実際をみれば、こんなものである。バカバカしいような愚行を笑っていればよいというわけにいかない。愚行は死につながる。つながらなくとも間接的に敗北に通じる。死や敗北に直接にも間接にもつながらない立場の人間は、死や敗北に目をおおっていてもすむ。そこから、愚行の増殖が始まる。その進行の歴史が昭和史をおおっていたとすれば、司馬遼太郎がポスト日露戦争には文明史家として生きた理由もわかってくる。

第5章　日本人にとって、もうひとつの坂は、あるのか

バルチック艦隊の司令長官ロジェストウェンスキーが、佐世保の海軍病院のベッドに横たわり、もはや手足も動かせぬ状態で東郷の見舞いを受け、その場の東郷のやや芝居がかった台詞と態度については、前に紹介した。ロジェストウェンスキーは、何のために何をしに、はるばるインド洋を20日間もかけて漂泊同様の航行を続けて、ここ日本海まで来て、佐世保の病院に横たわっているのか。敗北の降将の姿は、そのまま大戦争の悲惨と空しさを物語っていた。

しかし、私は、この東郷とロジェストウェンスキーの出会いの光景より、バルチック艦隊の支隊艦隊の提督ネボガトフと東郷および秋山真之との出会いを描く「ネボガトフ」という大長篇終り近くの章のほうが好きである。

ペテルブルグ宮廷仕込みのロジェストウェンスキーと違ってネボガトフという男は、海軍実戦仕込みの猛将である。そのネボガトフが降伏を決心した。彼の座乗した旗艦には皮肉なことにロシア皇帝ニコライ１世の名がついている。だがこ

の艦はみすぼらしい旧式戦艦で、5隻の軍艦は、生存水兵2500人、「かれらはまるで屠殺場に送られた家畜のような」ありさまになっていた。司令塔にいるネボガトフは各艦の艦長と参謀に自分の決心を伝えた。ロシアに帰っても、旗艦を敵に渡し降伏した彼には軍法会議の死刑判決が待っている。事実そのとおりの運命が待っていた。しかも軍法会議以前に軍籍を、ネボガトフは、むしりとられていた。

〈皇帝ニコライ2世は、力尽きて捕虜になったというかたちのロジェストウェンスキーに対しては寛大であったが、ネボガトフに対しては峻烈で、皇帝みずからが海軍法廷にのぞんだほどである。〉

しかし、ネボガトフは、のちに10年の要塞禁錮に減刑された。彼は法廷でもロシア海軍の腐敗を衝《つ》き、艦隊は見捨てられたも同然だったと主張したという。法廷では、なぜ自沈しなかったかと責められた。しかし、悠長に沈んでゆくうちに、東郷の軍艦から集中砲火を受け、2500人の水兵は全滅していたであろうとネボガトフは抗弁した。

東郷は、8000メートルの距離から射撃をはじめていた。砲撃が10分以上続いてもネボガトフ側からの応戦はなく、はじめて敵の降伏を知ったのである。

旗艦ニコライ１世（当時の皇帝はニコライ２世！）のうけとりに秋山真之は行った。「『秋山サン、ゆきなさい』と、受降のための軍使として（東郷は）真之をえらんだ」。

ここで作者は、いきなり真之の故郷松山の話に場を移す。「じゅんさんが（真之の幼名は淳五郎）、軍艦をうけとりに行ったげな」と、河東碧梧桐が、東京で松山出身の連中との会合の席で話題にした。東郷元帥に選ばれて、降伏した敵の主力艦を受けとりにゆくのは名誉いちばんの大手柄なのである。

松山の旧城下では、士族町と町人町のこどもがそれぞれ団体を組んでけんかをしあうという習慣があった。その士族町の餓鬼大将が真之であり、碧梧桐は手下になってかけまわっていたという。

〈じゅんさんが先頭に立ってけんかをするときにはな、われわれ悪童どもは胸が一杯になってきて、天下に恐《こわ》いものはいないというような勇気やら安心やらが湧いたものでな。〉

明治の俳人で子規（のぼるさん）の弟子の碧梧桐は、真之（じゅんさん）の想い出を同郷の仲間に話して自慢する。碧梧桐の名は秉《へい》五郎だ。子規も真之も秉公《へいこう》と呼んでいた。子規、好古（信三郎）、真之、碧梧桐の４人は、それぞれに、のぼるさん、しんさん、じゅんさん、秉公と互いに呼びあっていた。碧梧桐は、みなより少し年下なので秉公であった。

ちなみにここで秋山兄弟について、たとえば『広辞苑』にどう書いてあるかをみよう。

〈秋山真之――海軍中将。愛媛県人。好古の弟。日露戦争に東郷大将の幕僚。日本海海戦に「舷々相摩す」「天気晴朗なれども波高し」などの語を作る。

秋山好古――陸軍大将。愛媛県人。真之の兄。教育総監、軍事参議官。〉

『坂の上の雲』における兄弟のイメイジとは、ずいぶん違う。作者は碧梧桐の言い分を書く。すなわち「碧梧桐は、真之が電文や公報の起草者として名文家の盛名を世間で得たことを不満としていた」。碧梧桐にいわせれば、「『舷々相摩《あいま》す、などというじゅんさんの文章はあれは海図に朱線をひいてその赤インキの飛ばっちりじゃ』という」。摩《ま》とは、こすれるほど近づくという意味である。敵味方の艦の舷《ふなべり》が、こすれるほどの接戦ということを大げさに表現したことばだ。「バルチック艦隊の邀撃《ようげき》作戦こそじゅんさんの真骨頂で、くだらない美文で名を得ているのは可哀そうじゃ、ということらしい」と作者は書く。

ところで、前掲の『広辞苑』は昭和30（1955）年５月の発行だが、これが1998年の第５版になると次のように変わる。

〈秋山真之――軍人。海軍中将。松山生れ。陸軍大将秋山好古の弟。日露戦争で連合艦隊の作戦参謀として活躍、日本海海戦に、「舷々相摩す」「天気晴朗なれども波高し」などの語を作る。〉

秋山好古の項目は消えている。司馬が好古・真之兄弟を主人公に選んだ意地が理解できる。

好古さん？
あ、知ってるよ！
1955
広辞苑
1998
広辞苑
あちらで
きいてみて下さい

さて、作者とともに話を戻す。司馬の小説の往復運動につきあうと読者も忙しくなる。しかし、そこが楽しくもある。激浪・弾雨のなかの日本海から、いきなり士族町と町人町の子どもたちのけんかにタイムスリップされると、気持ちがのびやかになる。郷土というものの重さ、なつかしさがこちらに響いてくる。郷土の子どもたちの声と、「秋山サン、ゆきなさい」という、日頃無口な東郷のことばが、40年近くをへだてて共鳴する。

こうして、秋山真之はネボガトフの艦へ、受降軍使となって乗りこむために水雷艇に乗った。一世一代の名誉な役である。しかし、生きて帰れないかもしれない。随行は通訳の山本大尉だけだ。

ニコライ１世という艦の上甲板には戦死者の死骸がたくさん横たえられ、水兵や将校が口々に何かののしりわめきながらあちこち駈けまわっていた。水葬の準備である。真之は屍体の群れのそばへどんどん近づき、ひざまずいて黙禱を始めた。気が動転していた山本は、「こんなときでも、秋山という人は変に度胸がすわっていた」と後日、語ったという。

秋山真之は、いずれこの戦いがおわれば坊主になろうと覚悟を決めていた。そのため、自然に死者の冥福を祈る動作になったという。『広辞苑』の短い紹介では、真之のこのような振舞いを偲ぶことができない。

艦上も艦内もさんたんたるありさまで、乗員は将校も水兵もボロボロになって、艦のあちこちから叫喚の声が響いてくる。「つまらない目に遭《あ》うものだ」と真之は、敵に対してではなく、自分に対しておもった、と作者は忖度《そんたく》する。

やがてネボガトフ少将が出てきた。彼は汚れはてた石炭積みの作業服を着ていた。「そのときはじめて知ったのだが、ロシアでは戦争をするときは作業服を着るものらしい。わが海軍は死装束のつもりで、晴れの軍服を着る」という山本大尉の後日談を作者は紹介する。

だいぶ待たされた後、ネボガトフは、「着更えにゆきもせず、ちょうど話ずきの商人が商売をほったらかしにして雑談をするようにすわりこんでしまった」。そこで、自軍の全滅を初めて知って嘆息する。ようやく礼服に着替えたネボガトフと、その幕僚たちが、三笠の舷側の舷梯をのぼってきた。「その悄然たる姿をみて、気の毒というか、涙のにじみ出るのを禁じえなかった」という三笠甲板上にいた砲術長の印象を作者は、ここでも紹介する。三笠のほうも、物音ひとつ立てず、森の中のようにしずかであった。この光景の中へ、日本側の駆逐艦四隻が近づいてきて、バンザイ、バンザイと声をあげた。東郷はひどく不愉快な表情になり、「あっちへ行けと言え」と、どなったという。

両提督は長官公室で会見し、シャンペン・グラスが配られた。日本側の幕僚たちは、相手の心情を察して、ことさら表情を沈ませていたが、ネボガトフは、「ひどくあかるい態度で東郷に話しかけた」。融通《ゆうずう》無碍《むげ》のひとであったらしい。

ロジェストウェンスキーとネボガトフ、東郷平八郎と秋山真之。この４人を作者は、日本海海戦の主役に選んだ。人柄の違い、役割の相違、それぞれの人物が背に負うてきた人世の歴史が、見事ににじみ出ている。

バンザ〜〜〜イ
あっちへ行け〜
東郷
しずかにしろ〜
いや
どーも
どーも
山本
秋山
ネボガトフ
ズル〜

そろそろ、『坂の上の雲』論を打ち上げるに際して、作者・司馬遼太郎の歴史小説家としての特質そのものに触れなければならない。このことについては、すでにずいぶんと例をあげては解説をしてきた。もう少し補足したい。

司馬は、軍事専門家でもなければ、軍人でもない。戦車に乗っていやな目にあった短い経験をした以外に、戦場体験というものもそれほど長くはない。ただ、彼は、日本の戦国時代の武将と、武将たちが動きまわる時代の歴史を数多の小説にしてきた。歴史小説家としては当然のことだが、それにしても戦国時代と幕末・維新の動乱期を、彼は集中的に、また熱中して描いてきた。そのなかで、司馬は無数の資料を漁り、数多の発見をし、その結果、日本の中世と近世の勉強を人並み以上に積み重ねてきた。

それが、明治を描くことになり、日清・日露の戦争を、戦場の描写を中心に書くことになって、非常に役に立つようになった。もちろん、戦国・江戸時代のいくさとは大いに違うわけだが、何か日本史上の太い線で、近世と近代とはつながっているということを、作者は発見したと思う。その一つは「武士道」という赤い糸であり、二つには、朱子学と陽明学を含む儒学の伝統である。さらに江戸時代も元禄以後の蘭学(洋学)の輸入と、幕末になってからのフランスなどの洋式軍事教練などが、意外に明治近代日本になっても役立っているという事実である。

司馬は、「二〇三高地」(文庫本(五))の章で、こんなことを言っている。

〈日本歴史は、明治になるまでのあいだ、他の歴史にくらべて庶民に対する国家の権力が重すぎたことは一度もない。後世のある種の歴史家たちは、一種の幻想をもって庶民史を権力からの被害史として書くことを好む傾向があるが、たとえば徳川幕府が自己の領地である天領に対してほどこした政治は、他の文明圏の諸国家にくらべて嗜虐《しぎやく》的《てき》であったという証拠はなく、概括的にいえばむしろ良質な治者の態度を維持したといっていいだろう。〉

司馬の言い分が、史実であったかどうかは、私にはよくわからない。私は、いい加減なことを言っているのではなく、ほんとうに勉強不足で司馬に対しての賛否を実証的に語れないのである。ただ、司馬は、どのような場面を描くときにも、なぜ突然のようにこういうことを言い出すのか、その気持ちは分かる気がする。

203高地まげ

旅順203高地にちなんで
流行した。

司馬は、203高地攻防の惨状を描いている。おそらくこれほど詳細な描写は初めてだろう。そしてこまかく描けば描くほど203高地攻防戦は両軍にとって悲惨であり、特に日本の乃木軍将兵において無惨である。その無惨さは、乃木の作戦(つまり、兵の使い方、殺し方!?)において悲しいまでに酷になる。

ある外国人記者の、乃木に対する表現、「彼等の生命に関して毫《ごう》も個人的感情を交えなかった」「将軍は自己を見ること、単なる一機械としてに過ぎない」という感想を作者は伝えている。これはいったいどういうことか。

個人としての乃木希典は、おそらく酷薄非情な人間でなかったろう。後世の日本人は、みなそう思っている。それなら、何故、乃木は、6万人もの将兵が無駄死にに近い死に方をしている毎日のなかで、自己を一機械になしえたのか。それとも戦場において人情や私情は禁物だという戒律に近いものに乃木は、とりつかれていたのか。

嗜虐《しぎやく》とは、残虐なことが好きなことである。明治政府が成立して日本が近代国家になったとき、徴兵制が布かれ、国

民皆兵の憲法が生まれて「明治以前には戦争に駆り出されることのなかった庶民が、兵士になった」と司馬は言う。たしかにそのとおりである。司馬の言い分には、その先がある。すなわち、戦国時代の戦争では、足軽までが職業であり、軍人(いくさびと)は、職業から逃れる自由、さらには、自分の大将を選ぶ自由も持っていた。このような自由は徴兵制で消えた。徴兵制で、国家が「庶民の生活にじかに突きささってきた」と司馬は言う。

203高地における乃木軍のたたかいぶりを描くとき、なぜ司馬は、このような近世と近代の戦争にかり出される者の、自由と不自由の違いを話題にしたのか。

〈日本軍歩兵は、あらゆる方法で進んだ。村上という大佐のひきいる歩兵第二十六連隊のうちの五個中隊の北海道兵は、ある地点から別の地点に移動するため一人ずつ匍匐《ほふく》して進んだ。これをロシア軍砲火が執拗にとらえ、千人のうち、安全に目的地へ移動できたのは百五、六十人にすぎなかった。かれらは戦闘したのではなく、ただ移動しただけで殺された。一発の銃弾も撃てずじまいであった。〉

すなわち、203高地を攻めあぐねた日本の将兵は、みすみすロシアの弾丸の餌食になった。それなのになぜ再びみたび突撃と敵前の移動をくり返したのか。戦国の世ならば理由なく殺される戦《いくさ》に足軽といえども参加しなかったであろう。馬前に死すとか、お馬廻りの名誉とかいうのは、主人を信じ、主人のために死んでもよいと思うからこその精神である。世にこれを武士道と称した。主人を見限り主人を他に選ぶのも武士の習いとされた。おのれの業《わざ》をたのみに、おのれの道を歩むのも武士道である。そのような武士道は、国民皆兵、徴兵制の下では、むしろ障害となった。なにごとも国家のため、国民は皆、平等に戦場にゆき、平等に殺されることになった。富国強兵の強兵とは、こういうことであったのか。と言ってしまえば極論になるが「お国のために」死ぬということは、人間の心を無視した意外に下らぬものかもしれない。

旅順を攻略するためには、旅順港外にいて、港内のロシア東洋艦隊を封じ込めている東郷の艦隊の艦砲を陸揚げして、乃木軍に協力したいと東郷の幕僚が提案した。しかし、乃木の参謀長は、陸軍は陸軍だけでやりたいと頑固に断った。けれども、口径の小さな陸軍砲では要塞のベトンを打ち砕けないのである。ベトン（コンクリート）で厚く固めたロシア軍のトーチカは乃木軍の砲弾がいくら落ちてもびくともせず、地下壕は縦横にトンネルが貫きロシア兵は自由に往来していた。

東郷の海軍のほうは、一刻も早く203高地を乃木軍に占領してもらい、高所から旅順を攻撃して陥落させて欲しい。そして、旅順港からロシア艦隊を追い出してくれたら、港外で待っている東郷の艦隊は、これを一隻のこらず沈めることができる。逆に、いつまでも旅順港内に敵艦隊がいれば、やがてバルチック艦隊が到着して、港の内と外からはさみ撃ちになり、連合艦隊の作戦の基本が台無しになってしまう。そういう事情からの艦砲陸揚げの提案であり、これが実現して203高地は陥落し、旅順も落ちて、有名な「水師営」の場面になるのである。

それはともかく、ここで作者は、砲兵の専門を自負する乃木の参謀長の意地を笑って批判している（文庫本㈤の「海濤」の章）。

要するに、大砲を操作する方法には素人・玄人の別があるが、軍事《ストラテイツク》そのものには、その区別はないと司馬は言うのである。つまり、砲術は習熟するか否かで上手下手は生まれるけれど、戦場の軍事には技術上のプロとアマの区別はつけられないということだ。「このことは軍事の本質にかかわること」だと司馬は強調する。海軍は、艦砲を使ってくれという。それは、戦《いくさ》の全体をみたうえでの判断である。これに対して砲兵出身の参謀長は、陸軍の面目にかけて艦砲など必要なしと断った。この違いがわかるかわからないかで、戦局全体の帰趨がわかれる。おそろしいことだ。司馬は言う。

〈長篠《ながしの》ノ役における武田軍団の諸将はことごとくその敵の織田信長よりもはるかに玄人であった。が、信長が案出した野戦における馬防陣地の構築と世界戦史上最初の一斉射撃のために潰滅してしまった。そのくせ信長や秀吉の戦法は江戸軍学にはならず、武田信玄の古風な甲州陣法が軍学になって幕末まで継承されたというところに、旅順における伊知地章介を生むにいたるところの日本人の心的状況《メンタリテイ》の一系譜があるであろう。〉

海軍
あれで協力しますよ。
ほっといてくれ！
陸軍
視野が狭く
依怙地な精神が
陸軍の伝統になってしまった。
何かコンプレックスにとらわれてるのかしらね〜？

『坂の上の雲』を、私はあちこち拾い読みをするようにページをめくっている。月並みな言い方になるが、どこをみても面白い。それは、この大長篇が、昔と今を行きつもどりつしているからである。また、前にも書いたように、郷土と国家と世界を往復しているからだ。さらに、時代の経過と、大きくひろがるいまという空間を大胆に交叉させているからである。

ふつう、このような筆法で小説をつくってゆくと、小さな破綻をもたらすものだが、そこは巧く作者は、つなぎ合わせ、ほころびをみせない。歴史の大きなうねりのなかに人物がみえつかくれつしているが、決して沈み込んでみえなくなることもない。その一方で、誰か大きな人物の像が浮かびあがって、歴史の歯車を止めてしまうこともない。つまり、人は歴史をつくり、歴史は人をつくるという論理を作者は心得ている。したがって、各ページのどんなに小さなこと、こまかい人の動きにも、全体につながる意味を作者は持たせている。どのページをめくっても面白いとは、そういうことである。

私は、このような司馬の小説作法が活きているところをあっちこっち選んでは紹介してきた。したがって、史上有名なみせ場をみすごしてきたかもしれない。秋山兄弟がどんな生いたちで、なにをし、なにになり、いかなる苦労をしてきたかを順序立てては紹介してこなかった。ただなんとなく、この兄弟は、こんな人間だったのだ、それが偶然に明治の世に生きて、実にぴったり時代の空気を吸って、流れに外れもせず沈みもせず、また特別とび上がりもせず生きていたのだということを知るだけで、何ともいえぬ同じ人間としての共感を持たされてしまうのである。平凡といえば、これ以上に平凡な人生というものはない。しかし、こういう生き方をした秋山兄弟の平凡さは、そのまま多くの同時代人に真似のできない非凡さでもあると思う。

ひとつの階段を踏み、次のもう一歩上の段に足をかけ、一段一段上ってゆく。それは出世とか立身とは少し違う人生の踏み段である。秋山兄弟は、そんな時代の階段を、本人は精一杯だが、傍目《はため》にはごく無理なく自然に一歩一歩上って行った。そして軍人の世界では、夢のような大将や中将にまでなった。ところが本人は、尉官や佐官時代とあまり変わらず、ただおのれに忠実に、他人をあまり責めず歩んでいった。人間の真の偉さというものを、こういうところに私は認めたい。

秋山兄弟の生家は貧乏であり、男の子を満足に食わせることも学校へやることもできなかった。武士の世の中が崩壊したのだから止むをえないことだと親も子も納得してがまんした。しかしそのままおちこむのではなく、一歩一歩階段を上った。ただし、出来る限り金のかからない教育を受け、日常の暮らしを極端にきりつめ、初めてもらった教員の月給からまとまった金を郷里の家へ、借金を返すといいながら仕送りをしたのである。だからといって、別に彼らが模範少年であったわけではない。そうするもの、こうあるべきものと信じてやった行為である。

細部と全体が相互的な関係で、どこを見ても面白い。

アルチンボルド「夏」

歌川国芳「みかけハこハゐがとんだいい人だ」

ボッシュ「快楽の園」

兄の好古は日清戦争の前年に結婚した。35歳だった。彼は「一生の道楽」と称した。新婦は、好古が少尉のころ下宿していた旧旗本の佐久間の長女多美で、24歳だった。文庫本(二)の「渡米」の章に、このことが記されている。まるで、日を追い年を重ねる日録のように淡々と作者は記す。書くとか描くというより記すというほうが適している。

好古にとって結婚は大道楽だと思えた。「情欲がおこれば、酒をのめ。諸欲ことごとく散すること妙である」と弟の真之にも教えてきた。

これは、別に好古が特に道徳家だったからではない。独身主義のいわれを司馬は説明する。すなわち、明治の日本は、おもちゃのような小国で、国家の諸機関も小世帯であり、その機関の一つ一つに属して部分を動かしている人間も、自分の生活の無駄を一切省いて勤めなければならない。小さな機械のパーツは小さいなりにフル回転する必要がある。だから、結婚など一大道楽というわけだ。飲酒は一時の欲情をおさえ、機械の回転を妨げないという妙な理屈である。

当時、兄弟の母お貞は松山にひとり残っていた。好古は結婚してお貞をよんだ。

「どうもこの連中は、のちの日本人よりよほどその生活のすがたや生き甲斐なりが単純で、その意味で幸福だったようにおもわれる」と司馬は言う。こういうことばは、『坂の上の雲』のいたるところでみえがくれしている。

しかし、よくみると、当時の日本人が、のちの日本人より単純に幸福だったとは司馬は言っていない。当時の日本人が単純で、後世の日本人が複雑というか、おのれのいまあるすがたを、それほど単純には喜べなくなったということらしい。なれば、明治の日本人は、なにゆえ単純たりえたのか。それは時代のなせる業《わざ》だといえば、論理はカラ廻りして何の説明にもならない。

好古の結婚話の少しあとに広瀬武夫大尉のことが出てくる。中佐になった広瀬は軍神として有名である。日露戦争のとき、旅順港口閉塞隊指揮の任につき、福井丸艦上で壮烈な死を遂げた。私などは、小学校の教科書で広瀬中佐の話を教わった。“杉野は、いずこーっ”のうたも聞いた。いまの子どもは全く知らない。そんな広瀬大尉の兄の勝比古(海軍中佐)は、麴町《こうじまち》上六番町に、好古は世帯を持って四谷の信濃町10番地に住んでいた。麴町と信濃町とは、すぐ近くである。いわゆる東京の山の手だ。当時、山の手には軍人や教員や役人が多く、小さな世帯を持って住んでいた。広瀬は、兄嫁にもなついていたが、真之の母お貞にもなついていた。司馬は、そんなことをこまごまと書く(記す)。

島田謹二の名著に『ロシアにおける広瀬武夫』があると作者は記す。その島田氏が『坂の上の雲』の解説を担当したのである。

明治

単純に
しあわせ感じる。

現代

すなおに
しあわせを
感じられない。

秋山兄弟の母お貞は、好古の家に同居したが、真之に「淳《じゅん》や、早よう家をおもち」と口ぐせのように言っていたという。真之が家を持てば、お貞は一緒に住みたいのである。お貞は「どういうわけかこのいちばん無愛想な末っ子が可愛いのである」。

ついに、お貞の念願がかなう。お貞自身がかっこうな家をみつけてきた。芝高輪の車町である。広瀬や好古の家からは少し離れている。「真之は、自分が可愛くてしようがないらしい母親のためにともに住むことにした」のだ。

〈「淳や、雉《きじ》がきたよ」と、ある日、帰宅すると母親がいった。このどこか童話的なあまさとおかしみをもった老母は、いつもそんなことをいう。〉

真之は、こういう母親のことだから、雉まで呼んできて家で遊んでいるのではないかと思ったが、それは雉鍋用の雉であった。お貞は、広瀬さんも呼んでおあげ、升《ます》さんも病気でなければよんであげるのにと言った。「升さん」とは正岡子規のことだ。「のぼる」も「ます」も子規の名である。子規は、前記のように、「又ノ名ハ……又ノ名ハ……」と墓誌に

記した。雉は、故郷の伊予の親類が送ってくれた。

升さんは同郷の人に人気がある。松山の人、内藤鳴雪、同じく高浜虚子（清《きよし》）などが出てくる。松山藩の殿様久松伯爵の凱旋祝賀会などもあって、あたりがにぎわってくる。

そんななかで、明治30年6月26日の同じ日に秋山真之は米国留学を、広瀬武夫は露国留学をおおせつけられた。その2人の送別会に子規は病躯をおして出席した。子規は痛みがはじまると、いきができなくなるほど苦しいという。結核性の脊髄炎である。

真之は、子規を見舞って渡米の途についた。子規の「君を送りて思ふことあり蚊帳に泣く」の一句は、すでに紹介した。

同郷の友は結婚したり、アメリカ留学を命じられたりする。雉鍋にも呼ばれる。母子ともに健在な友のことが子規は、うらやましい。

雉鍋の湯気の香りとともに、同郷同業の友の宴は一瞬のうちに終わる。広瀬大尉はこの8年後に軍神となって昇天した。2階級特進で中佐となる。真之は生きた。好古も生き残る。

さて、いよいよ『坂の上の雲』論も終わりに近づいている。あたりまえのことだが、この小説と作者の司馬遼太郎とは、切っても切れない関係にある。この関係は、いささか異常に強い。どういうことか。作者は、いままで何回も言ってきたように、ときどき「余談だが……」とか「余談をすこしのべたい」と言う。このことわり文句は、司馬の地声のように直に聞こえてくる。

作者司馬遼太郎は、一種の戦争論を小説のなかでやっている。これは当然のことだが、作者自身が、戦《いくさ》のひとつひとつの局面で、作戦をたて、指揮をしているような熱中振りが多くみられる。そしてそのことがそのまま、日本の近代軍隊論となり、明治時代論となり、また同時に日本史論にもなってゆく。

司馬の文章は、ありのままを描くところに特徴があり、ありのままが意味を持って重くなってくるような圧力に特色があるといえる。

そして、司馬の戦争論は、すなわち文明論でもあるのである。その国が大国と必死の戦闘をやり、負けてはいけないとありったけの力を出しきるとき、国の文明はダシガラになるくらいしぼり出されねばならない。軍事は軍事、文明は文明というわけにはいかないのである。つまり戦争とは文明と文明との闘いである。悲しいことに、高度な文明国のほうが負けることも往々にしてありうる。

文明とは何か。文化の長い伝統を誇る国でも、いま輝いている文明が盛んだとはかぎらない。文明とは、他国他民族に強い影響力を持ち、世界に通用する伝播

戦争では、このぐらいの差がなければ
攻撃しない。

の力を持った何かである。つまり文明の力は、非常に現実的なものだ。司馬遼太郎は、実は、文化と文明との違いをこのように解釈している。

だとすれば、軍事も、きわめて現実的な文明の力である。戦場のありさまを一目みれば、彼我の文明のありさまがわかるはずだ。つまり、文明のなかで人間は、実際的に活動し、自らの特質を活かしてみせる。軍事は、もっとも烈しい人間の活動の表現でもあるから、戦争のやり方ひとつみれば、その国の文明観が知れるわけである。もっと言えば、戦場とは一種のファッションであり流行である。そこに、あらゆる最新の情報のあり方と武器・兵器が競って登場し、旧式の武器は、どんどん役立たなくなってゆく。同時に、作戦のやり方も戦争の度ごとに新しくなる。そこで、司馬は例によって「余談をすこしのべたい」と言う。

ロシア軍は、敵の2倍3倍の兵力・火力を持っていなければ攻勢に出ないという「作戦習性」を持っている。これはロシア軍が臆病だからではないと作者は言う。古今東西の常識である。日本の織田信長も、桶狭間の奇襲を例外として、あとはすべて圧倒的兵力による敵撃滅戦法である。

〈信長の凄味《すごみ》はそういうことであろう。かれはその生涯における最初のスタートを「寡《か》をもって衆を制する」式の奇襲戦法で切ったくせに、その後一度も自分のその成功を自己模倣しなかったことである。〉

司馬は信長の偉大さをここに見る。ところで、日露戦争とは、桶狭間的状況の戦いである。それは１回きりの成功の筈であった。しかし、その後の日本陸軍の歴代首脳は、すべて桶狭間方式で行い、勝つこともあったが、ついに崩壊した。日露戦争の桶狭間方式は意外に成功した。この旨味《うまみ》によってその後の日本陸軍の体質ができあがってしまった。この「滑稽さは、いったいどういうことだろう」と司馬は言う。

日露戦争は桶狭間式で勝ったという固定観念が、「本来軍事専門家であるべき陸軍の高級軍人のあたまを占めつづけ」彼らは織田信長を見習うことを忘れて自壊した。

1945年８月15日の敗戦記念日で、日本陸軍の無能振りは自壊したとみるのは誤りだと司馬は、意外なことを言う。その６年前、昭和14年の「ソ満国境でおこなわれた日本の関東軍とソ連軍との限定戦争」すなわちノモンハン事件で、日本陸軍組織の官僚化と老朽化は立証されたではないか、と司馬は言う。

司馬は日露戦争以後の近代史に材を採る歴史小説は、ついに書かなかったとい

うが、ここにはからずもノモンハン事件についてのコメントが出てきた。ただし、「すこし余談をつづけたい」という書き出しで語り始めた。だが、すぐに止めてしまった。

しかし、言いたいことは、かなり言った。たとえば、関東軍はソ連軍の補給能力を過小評価した。戦場は鉄道から200キロ以上も離れていたから兵力の集結はできまいと関東軍は、たかをくくっていた。ところがソ連軍は、トラックを使った。関東軍の輸送は鉄道以外では人馬にたよっていた。もう一つ、関東軍は歩兵を主力にしていたのに対し、ソ連軍は戦車を主力とし、歩兵はそれに協同するだけで、そのうえ砲兵力を飛躍的に向上させていた。司馬は皮肉な嘲笑をこめて言う。

〈これにひきかえ日本陸軍の秀才たちは政治が好きで、精神力を讃美することで軍隊が成立すると信じていたため、日本陸軍の装備は日露戦争の延長線上にあったにすぎず、その結果は明瞭であった。死傷率七十三パーセントという空前の大敗北を喫して敗退したのである。〉

ここで、「余談が、すぎた」と司馬はことわりをいれて、はなしの時点を元にもどす。実に巧い。なに気ないような余談で、急所をえぐり出し、また、ぱっと体をかわす。以上は文庫本㈣の「沙河」の章である。

「沙河」の章の前が「旅順」の章、後が「旅順総攻撃」となる。

司馬遼太郎は、日露戦争のことを描きながら、日本陸軍はだめだだめだとのみ言っている。補給ということを知らない。これでいつも苦労している。補給は兵力、食糧、銃と砲、あらゆる必要な資材。日本内地から海路を運ぶのはたいへんである。陸路は荒野だ。日露戦争からノモンハン事件までは34年もあるが、ほとんど改善されていない。日露戦争のとき、すでにロシアとの補給補充の差は歴然としていた。次に作戦上の臨機応変ということを心得ていない。「敵」という相手のいる一種のゲームであるから、こちらの想像外の事態の起こるのが戦場というものだ。とっさの判断、敏速な作戦の変更、それを可能にする情報のすばやく正確な収集、これが苦手である。さらに、臨機応変とうらはらのことだが、いったん身につけた固定観念を捨て切れないという悪いくせがある。

まあ、悪口を言い出せば、きりがないが、司馬は、よくみると日本陸軍の悪口ばかり言っている。これは自身、戦車隊の兵だった恨みによるものなのかもしれない？「旅順」の章でも、司馬は山県有朋陸軍大臣の悪口を相当きつく言っている。海相山本権兵衛に比べて山県は数等おちるというのである。

山県は、権力好きで、人事いじりにばかり情熱的で、骨のずいまでの保守主義者であったというのだからどうにも仕様がない。こんな人物の頭脳から新しい陸軍像などという構想などうかぶはずがなかったと司馬は止めをさす。なおそのうえに志士であった山県に対しても、

〈この山県が、幕末、幕府体制に挑戦した志士あがりであるという経歴がむしろこの場合ふしぎなほどであったが、しかし厳密にはかれは志士とはいえない。〉

と司馬は言い、要するに最初から構想力をもって出てきた人物ではなかったと追い討ちをかける。それでもすまず、山県は年少のころ宝蔵院流の槍術を学ぶことに熱中したが、おもしろくてしたのではなく、藩の師範にでもなれば足軽身分からぬけ出して士分になれるからであったと言う。山県は、しかし玄人はだしに短歌と造園がうまかった。だがこれとても、「新機軸をなすというような種類の才能ではなく」、すべてに保守的であった。そういう人物が「陸軍の法王」になった。だからロシアに負けなかったが勝ったともいえまい、と司馬は言外にほのめかしている。

司馬の山県嫌い、伊藤博文ぎらいは相当なものだ。大久保利通も好きではない。伊藤に対する感情は、西郷隆盛びいきの裏返しの面が多分にあって、これは多くの日本人に共通している。

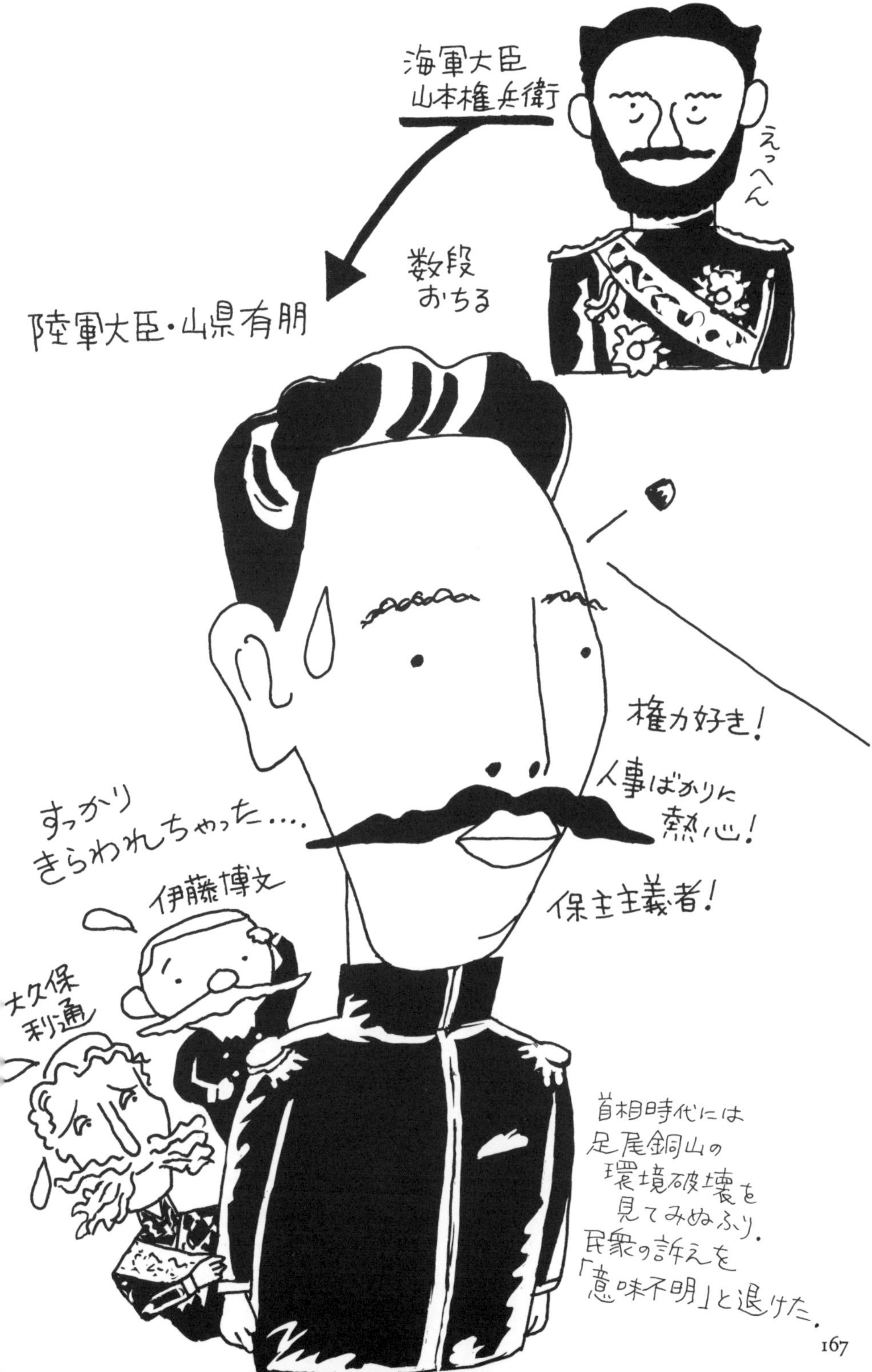
海軍大臣
山本権兵衛
えっへん
数段
おちる
陸軍大臣・山県有朋
権力好き！
人事ばかりに
熱心！
保守主義者！
すっかり
きらわれちゃった….
伊藤博文
大久保
利通
首相時代には
足尾銅山の
環境破壊を
見てみぬふり.
民衆の訴えを
「意味不明」と退けた.

昔から日本人は、権威主義と保守主義の臭気が嫌いである。とくに低い身分から成り上がった人物のこうした主義を軽蔑し敬遠する。この傾向は、きわめて大衆的なものだが、実は、自身の人生観がもたらす屈折した好悪の感情でもある。司馬遼太郎に、こうした感情が過剰にあるとは思えない。ただ、半藤一利も言うように、関ヶ原の役において家康よりも石田三成に気持ちが加担するということはあるようだ。そこが、日本人の国民感情をくすぐるところであるのは事実だろう。

歴史小説のむつかしいところは、こうした個人的感情のやや濃い人物評価を、広い読者の気持ちに重ねあわせながら、しかも客観性を失わぬように描くということにある。時代が近代から現代に近づくにつれてこの微妙な人物評価における針の振れ方は、ますます困難になる。

それにしても、この小説で、到る所に出てくる日本兵の勇敢さとは、いったい何なのだろう。突撃の命令が出れば、弾にあたって倒れることが十中八九わかっていてもかけ出す勇気とは何か。上官の命令は天皇陛下の命令と思え、ということばは、まだ203高地の頃にはなかったろう。命令に従わねば、うしろから撃たれるか、上官の抜刀で斬られるから前へ兵はかけ出すのか。一番のりとか敵の首をとるという功名手柄なども、ほとんどもんだいにならない時代になっていた。

しかも、この勇敢さは、以後40年間、敗戦時まで持続した日本兵の精神とされ、しかも唯一の武器と目されていた。特攻隊はその極限である。

最後に秋山兄弟の結婚について記しておく。

文庫本㈢の「風雲」の章に、それはある。好古の結婚については、すでに触れた。日露戦争開始の前年の10月、好古は東京へ帰っていた。弟の真之海軍少佐が常備艦隊の参謀に補せられ、戦時にはそのまま連合艦隊の参謀になることになった。大変な出世であり名誉このうえない職務である。真之は、いよいよ「海に出る」3カ月ばかり前に、東京府平民、宮内省御用掛稲生真履の三女季子と結婚し、芝高輪の車町に住んでいた。ふだん女性をほめたことのない好古が、真之に「あれはなかなか結構な女房だ」と最大の讃辞で言った。

秋山兄弟は2人とも独身主義者だったが、兄は少佐のとき35歳で、弟はやはり少佐のとき36歳で結婚した。しかし真之は「自分は、海軍を一生の大道楽とおもっている」と手紙に書いて結婚を祝ってくれた友人に送ったという。

戦争は、なるほど大道楽かもしれない。しかし、大戦争の始まるちょっと前に秋山兄弟は、そろって「一生の道楽」といいながら結婚をした。翌年兄弟は、そろって戦場に出陣した。なにかほほえましい光景である。子規は、ついに未婚のまま36歳で没した。

司馬遼太郎は、秋山兄弟と子規を主人公に選ぶことによって、みずからが救われたのだといえよう。秋山兄弟の結婚は35歳と36歳、子規の死は36歳、奇しくも30代半ばである。

主人公たちの生涯

1859〜1930

一八六八 明治維新
秋山真之、松山に生まれる。

一八六七 夏目漱石、江戸に生まれる。
正岡子規、松山に生まれる。

一八六四 明石元二郎、福岡に生まれる。

一八五九（安政6） 秋山好古、松山に生まれる。

みんなおとなになりました

この間にあったこと

世の中のうごき

一八九一（明治24） 来日中のロシア皇太子襲われる。
徴兵忌避者を優先的に徴集。

一八八九 日本の徴兵令改正。

一八八六 コカ・コーラ創業。

一八八一（明治14） スキーが日本に紹介される。

ストックが1本でした。

日本が琉球を侵略・支配する。
琉球処分。

一八七九 エジソンが白熱電球を発明。

一九〇〇（明治33）
漱石、英国留学
→のちに、東大講師
→のちに、朝日新聞に入社。

一八九七（明治30）
子規、「ホトトギス」を創刊。

漱石、松山中学校に
英語教師として着任（一年間）
1895

一八九五（明治28）
子規、従軍記者として、金州へ渡る。

一八九四（明治27）〜
日清戦争

真之、砲艦「筑紫」の航海士として参戦。

好古、騎兵第一大隊長として参戦。

一八九二（明治25）
子規、新聞「日本」に執筆開始。

1897
足尾鉱毒の被害者が上京し、請願。

1900
ツェッペリン飛行船。

1895
ルミエール兄弟が映画を発明。

一九〇五（明治38）

真之、連合艦隊「三笠」参謀として参戦。

一九〇四（明治37）

日露戦争

一九〇三（明治36）

好古、騎兵第一旅団長に。

明石元二郎、ロシア公使館付となる。

一九〇二（明治35）

子規、病に没する。（36才）

一九〇七（明治40）、明石、朝鮮で憲兵隊長に。→そのご、司令官に。一貫して植民地支配・弾圧の中心となる。

ストックホルムに移り、スパイ活動を展開。

1905

戦艦ポチョムキンの反乱。

ロシアで血の日曜日。

明治大学創立。

1903

映画「月世界旅行」メリエス作。

1902

一九三〇（昭和5） 好古、没す。（72才）

一九一八（大正7） 真之、病没。（51才）

一九一六（大正5） 好古、大将に昇進。

のちに、松山の北予中学校長に。

好古、朝鮮駐箚軍司令官に着任。

一九一九（大正8） 明石、死去。（56才）

★漱石、没す。

一九一五（大正4）、明石、台湾総督に就任。

一九二五、パリで装飾美術展が開かれ。アールデコが開花する。

一九二四、（大正13）明治製菓創業。

1919 朝鮮、三・一独立運動。

朝鮮のジャンヌ・ダルク
ユ・ガンス

一九一七（大正6） ロシア革命

原始、女性は太陽であった

一九一一（明治44） フェミニズムの「青踏」創刊。

一九一〇（明治43） ブルジョワ・ヒューマニズムの「白樺」創刊。

あとがき

書き終えて、『坂の上の雲』は、やはり司馬遼太郎でなければ書かなかった小説なのだということがわかった。作者は、ありったけのものをこの作品に注ぎ込んだ。そのために、自身も傷だらけになった。小説家という稼業は、そうしたものだろう。彼が受けた傷のひとつひとつは、日本人ひとりひとりの傷でもある。傷の痛みに気づかぬひとは、私の本を読んで下さいと、あつかましくも言いたい。

2002年の正月早々、NHKの夜のドラマに、『空海の風景』前篇後篇一挙放映が特集された。ナレーターは中村吉衛門で、『鬼平犯科帳』の長谷川平蔵を想い出しながら聞いていた。吉右衛門丈は、ナレーションのなかで、原作者司馬遼太郎の原文をふんだんに読み上げた。淡々と語られる司馬節《ぶし》は、平蔵の台詞とは、まるで違って、空海が密教をまるごと中国から持ちかえる苦労と自負を悠然と伝えていた。気がついてみると、司馬さんの作品をテレビで見るのは意外に珍しい。正月早々、空海(弘法大師)の風景とはNHKも考えたものだ。そこでつい想い出したのは、放送関係の友人から最近きいた話だ。

それはこういうことだった。つまり、司馬さんは、自作のテレビ映像化を嫌うわけではないが、『坂の上の雲』だけは、お断りだと生前に言ってらした。どうしてですかときくと、あれはいろいろ誤解される。とくに、右翼と左翼から批判されるかもしれない。作品の文章では、そんなことのないように書いたつもりだが、映像化されると曲解されるかもしれない。こんなふうに司馬さんは答えたそうだ。

なんとなくわかる気がする。ことほどさように、作者は苦心して書いた。

もうひとつ、2002年の正月半ば、正岡子規が、なんと野球殿堂入りをはたした。子規は無類の野球好きで、野球のルール解読や用語の翻訳にも尽力したという。正月11日の『毎日新聞』夕刊は、「うちあぐるボールは高く雲に入りて又落ちて来る人の手の中に」と歌をつくった子規が、百余年振りに故郷松山の人々に祝福されたと伝えた。空高くあがったボールが、やがて落ちてきて人の手の中に、しっかり受けとめられる。なにか子規自身の運命のような歌である。司馬さん世の中の推移は、やはり面白いですね。

そういえば、空海も四国のひとだった。

『坂の上の雲』を、あっちへ寄り、こっちへぶつかりしながら読み返してみて、私は、司馬さんが意外に人情にもろいひとだということに気がついた。その裏返しのように、好き嫌いとか憎悪の念も強いひとである。

小説というものは大長篇になればなるほど、作者の全部が投影される。おそろしいことだ。『坂の上の雲』を読み返し一冊つくれて良かったと思う。菊地泰博さん(現代書館)と清重伸之さん(イラスト)に感謝する。

清重さんには、『本居宣長』(ビギナー)以来2度目のおつきあいで、厄介なテーマをよくわかって下さり、ユーモラスなタッチで人物像を活かして下さった(私自身を含めて!)ことを多謝します。

2002年4月　　　　　　中島　誠

中島 誠《なかじままこと》●文
1930年、東京生まれ。早稲田大学英文科卒。以後フリーライターとして主に日本文学思想史の論を展開。『司馬遼太郎と丸山真男』『司馬遼太郎がゆく』をはじめ『時代小説の時代』『藤澤周平論』『アジア主義の光芒』『遍歴と興亡―二十一世紀時代小説論』などをつくる。

清重伸之《きよしげのぶゆき》●絵
1947年、徳島県生まれ。
東京芸術大学・大学院修了。
米国、St. Olaf 大学と Bajus-Jones 映画社で、アニメーションを実習・勤務。
現在はフリー。
各地の NGO の人々と出会いつつ、福祉・環境の分野でイラストを乱作。
絵画シリーズ「星と水の旅」「ここちよい夢」ほか。

FOR BEGINNERS シリーズ
（日本オリジナル版）
⑨③司馬遼太郎と「坂の上の雲」

2002年4月30日　第1版第1刷発行

文・中島　誠
絵・清重伸之
装幀・市村繁和

発行所　株式会社**現代書館**
発行者　菊地泰博
東京都千代田区飯田橋 3-2-5
郵便番号 102-0072
電話(03)3221-1321
FAX(03)3262-5906
振替00120-3-83725
http://www.gendaishokan.co.jp/

写植・一ツ橋電植
印刷・東光印刷所／平河工業社
製本・越後堂製本

制作協力・岩田純子

ISBN4-7684-0093-0

FOR BEGINNERS シリーズ

歴史上の人物、事件等を文とイラストで表現した「見る思想書」。世界各国で好評を博している
ものを、日本では小社が版権を獲得し、独自に日本版オリジナルも刊行しているものです。

①フロイト
②アインシュタイン
③マルクス
④反原発*
⑤レーニン*
⑥毛沢東*
⑦トロツキー*
⑧戸　籍
⑨資本主義*
⑩吉田松陰
⑪日本の仏教
⑫全学連
⑬ダーウィン
⑭エコロジー
⑮憲　法
⑯マイコン
⑰資本論
⑱七大経済学
⑲食　糧
⑳天皇制
㉑生命操作
㉒般若心経
㉓自然食
㉔教科書
㉕近代女性史
㉖冤罪・狭山事件
㉗民　法
㉘日本の警察
㉙エントロピー
㉚インスタントアート
㉛大杉栄
㉜吉本隆明
㉝家　族
㉞フランス革命
㉟三島由紀夫
㊱イスラム教
㊲チャップリン
㊳差　別
㊴アナキズム
㊵柳田国男
㊶非暴力
㊷右　翼
㊸性
㊹地方自治
㊺太宰治
㊻エイズ
㊼ニーチェ
㊽新宗教
㊾観音経
㊿日本の権力
(51)芥川龍之介
(52)ライヒ
(53)ヤクザ
(54)精神医療
(55)部落差別と人権
(56)死　刑
(57)ガイア
(58)刑　法
(59)コロンブス
(60)総覧・地球環境
(61)宮沢賢治
(62)地　図
(63)歎異抄
(64)マルコムX
(65)ユング
(66)日本の軍隊(上巻)
(67)日本の軍隊(下巻)
(68)マフィア
(69)宝　塚
(70)ドラッグ
(71)にっぽん《NIPPON》
(72)占星術
(73)障害者
(74)花岡事件
(75)本居宣長
(76)黒澤　明
(77)ヘーゲル
(78)東洋思想
(79)現代資本主義
(80)経済学入門
(81)ラカン
(82)部落差別と人権Ⅱ
(83)ブレヒト
(84)レヴィ-ストロース
(85)フーコー
(86)カント
(87)ハイデガー
(88)スピルバーグ
(89)記号論
(90)数学
(91)西田幾多郎
(92)部落差別と宗教
(93)司馬遼太郎と「坂の上の雲」

＊は在庫僅少